杏香园笔记

马廷义 著

作家出版社

马廷义，男，回族，1962年出生，甘肃临潭人，1984年7月毕业于西北民族学院汉语言文学系，原临潭县志办主任。兰州大学哲学社会学院兼职研究员、甘肃民族师范学院河洮岷研究中心特聘研究员、临潭洮州东明书院副院长。参编第一轮《临潭县志》(民族宗教卷)，主编《临潭县志1991-2006》及《临潭史话》《临潭县政协志》《临潭县人大志》《百年临潭实录》等。译著有伊斯兰哲学名著《玄机与真光》《人类的起始与归宿》《麦克图巴特·书信集》等，发表论文三十多篇，其中两篇论文入选2018年8月由北京大学主办在北京召开的第二十四届世界哲学大会，作者被邀参会。

目录

上编　洮岷故事

中　编　人事沧桑

下　编　著作代言

上编

洮岷故事

故乡，那古老的水磨房

我爱故乡，我爱故乡那熟悉的山山水水，那奇妙的洮水流珠，雄伟的叠山横雪。

但是更爱故乡那古老的水磨房，它记述了一代人童年的梦幻、生活的欢乐和艰辛。然而我更敬仰它的执着精神，它像一头负沉载重的耕牛，缓慢而又不知疲倦地跋涉在西北高原的大小河流中，咀嚼着西北高原的风沙。在千百年的历史长河中，陪伴着西北高原前进的脚步，经受着高原的风沙雨雪，默默而又坚定地走完了寻求理想的历程。

我的故乡地处青藏高原和黄土高原的交会地，是一个古老的小镇，几百年来这里是东来西往、茶马互市的重镇，这儿云集着四方客商，集散着各路商货。近年来这里更充满了生机。每当朝阳欲出，袅袅的炊烟和淡淡的晨雾，恰似一层薄纱轻轻地覆盖在小镇的上空，给这古老的小镇又蒙上一层神秘的面纱。一条不太宽阔的河道穿过小镇，从北向南纵贯而下，直通洮河。在镇子以南，这条河道两岸，杨树、纤柳筑成绿色的长堤，在四五月间杨花似雪飘荡空野，散发着甜丝丝的芳香。河道里叮咚的流水，荡漾着轻盈的涟漪和曼妙的歌声，偶尔在流水的清澈处，还可看见小金鱼乐荡于底。那一座座水磨就不规则地置列在这条河道里，水推磨转的嗡嗡声回响在山谷中，仿佛一声声强劲的呼喊，给这幽静空寂的河道增添了几分欢愉。

故乡的水磨是极其古老的，它像一头负重的老牛，用大自然给它的无穷动力和顽强不息的生命，转动着它刻满历史沧桑的巨轮，千百年间缓慢而又毫不松懈地跋涉在家乡的这条河道里。它的形象又是极其朴实和简陋的，就像我们见惯了的小瓦房那样，前观分上下两层，上层四周用木板镶成，里边置两扇直径二尺多、厚度约五寸的圆形磨扇。磨石上扇由四根粗绳悬于屋梁，下扇由一根直通下层的木柱顶立与上扇相合，木柱底都用木齿轮连接一个直径二米多的大木轮，一条长长的渠道连接一个木槽，由高向低，水从渠流向木槽，形成落差冲力，打动木轮，带转木柱及其顶端的下扇磨石，乍看有轮转日月、柱顶乾坤之势。原料从石磨上扇的圆眼灌下，由转动的下扇磨石轧磨而成雪白的面粉。

儿时的我总爱和小伙伴们到磨上去玩，如果是在“岸柳含青将绽绿，雪花犹自舞觞前”的初春，水磨长长的渠道两旁桃花含苞欲放，我们则冒着初春的寒冷赤脚下水，摸鱼捉虾，或在刚刚吐露嫩芽的柳树丛中当“游击队”；如果是在夏天，气温升高，长长的渠道中水温宜人，这里便成为我们戏水的乐园，从水中出来躺在绿草如茵、杂花丛开的渠旁，可畅享阳光的沐浴，在幻想中纺织生活的花环；秋天比春天更欣欣向荣，更绚丽多彩，渠边那一簇簇相思红豆般的三面花果，那一树树红黄参半的沙棘果，你可尽情享用，秋天使古老的水磨充满了诗情画意；冬天草木干枯，景物萧条，然而此时的水磨却别有一番情趣，大木轮下一根根晶莹剔透的冰棍，犹如仙人的银髯飘逸，又似根根玉柱垂纤而下，扳取一根可尽享“冰棍”的甜美清凉。偶尔随母亲去磨面，不免在磨房里过夜，到夜阑更深、万籁俱寂的时刻，躺在磨房狭窄的小炕上，唯有老磨的咯吱声长响不停，好像母亲轻哼着的摇篮曲，亲切温柔，使人沉浸在母爱的海洋中。童年的生活是这样绚丽多彩。但更多的是艰辛，因为生活的重担过早地压在农村孩子的身上，为了维持一家人的生活，不得不拿上生活日用品，诸如衣物、辣椒、水烟等，奔走在河道，串磨房，和磨面的藏民兑换面粉，有时博得磨面人的同情，给吃一顿饭，那真是难得的美味佳肴。有时留宿于磨房中，那嗡嗡的水磨声，又像愁苦天涯落难人的泣诉，催人泪下。

家乡古老的水磨房，联系着我童年的欢乐与凄苦，唱着一首童年的歌。

如果是在月光融融的仲夏夜，在皎洁如水的月光下，水磨旁还可欣赏到情人们婉约动听的“花儿”漫唱，恰似倾听一支优美动人的小夜曲。还有那磨房里飘出的青稞炒面的幽香，沁人心脾，使人如喝醇香的美酒，陶醉在古老的水磨旁。这时，人的心就像一片水晶剔透明亮。生活像一首优美的民歌，融进了乡音乡情。既平凡，又神秘莫测，既古老，又永远常新，这就是那古老的水磨的风格。

然而那最使人记忆犹新的，是我高中毕业、高考落榜后的一件事。在一个风雨交加的夜晚，我拉着一车烧柴，渡过洮河，来到了一座水磨前，敲响了磨房，求磨主人借宿一宵，度过风雨之夜。磨主是个慈祥的老人，出于同情，他热情地让我进去，腾出暖意逼人的炕头让我解困。在这充满人间纯真之爱的小炕上，听着淅淅沥沥的雨声，回想自己多舛的命运、坎坷的道路，泪水浸湿了枕头。夜深人静，我听见那永不怠倦的磨声，迈着缓慢而又沉稳的步子，满怀信心地进行着无穷无尽的长征。我梦见了一个巨人高大的身影，一千多年前伟大的科学家祖冲之，踏着圆周率的节拍来到他设计制造的水磨中，走近了我的身旁，我看到了他勤奋探索的身影，我感受到了他生命不止、奋斗不息、孜孜追求理想的精神，我醒悟了，我想到了造福于民和永不止息的水磨精神，我懂得了生命的价值，奋斗的道路，人生的真谛，便又安然入睡了。

这就是我对家乡古老水磨的记忆，是我曾经独自欣赏日出日落的霞光，独自倾听不息的磨声，独自品味冬去春来的往复，教我领会人生真谛的古老水磨。是带着高原的雄浑气势，西部粗犷、诚实、坚毅而又质朴的性格，那一千多年来咀嚼了大西北风与沙的，家乡那古老的水磨房。

陪伴着水磨的清幽歌声，我朝诵暮习了中学的功课，就是在这水磨旁我辞别了故乡，来到了一个陌生的城市，开始了大学的求学生活。在这里我感受到了现代生活的节奏，领略了机械化的魔力，看到了各式各样、大的小的、自动的半自动的机械，隆隆的机声使我振奋，我真想高歌一曲，让歌声震动山谷。然而心灵深处我忘怀不了的依然是家乡那古老质朴的水磨，渠边长长的柳丝是否依旧青青下垂，渠中是否依旧鱼翔浅底，那磨底下的大木轮是否依旧吱吱地转动。我真想再回到那个纯真的童年，我真想看看那杂花丛生、绿草如茵的草滩，听听那情人们美妙的“花儿”声，多么想在那如水的月光下再听到水磨那催人奋进的脚步声。

今年我终于毕业了，带着一颗赤子之心，踏上了故乡的土地，瓦蓝的天空与碧绿的大地融合在一起，许许多多亲切熟悉而又激动心灵的乡音，送到了我的耳畔，是谁这么早，就用它那哗啦啦的悦耳动听的乐曲，唤来了玫瑰的黎明？等不到天亮，我就不知不觉地来到了阔别几年的水磨旁，见到磨旁我那从小走惯了的杂草丛花的渠旁小道，那特有的石头、木槽，那古朴简陋的磨房，我仿佛嗅到了那搅拌在空气中的青稞炒面的幽香，然而家乡那古老的水磨走到了它生命的尽头，早已无人使用。

磨房已经倾斜，房顶生着长而稠密的野草，渠中的水从木槽一泻而下，哗哗的水声犹如给这寿终正寝的古磨唱着挽歌，一种苍凉之感袭上心头。忽然一阵电动机声传来，循声望去，只见距水磨房不远处，矗立着一幢新瓦房，里面整齐地排列着几台半自动的面粉机在电动机的带动下飞转着，雪白的面粉顺小铁槽流出，像一条白色的链带，不断地流淌着幸福的生活。据闻政府还设想在水磨的基础上，修建一个全自动化的面粉厂，把先进的机械化带来的方便送进山乡的家家户户。此时我的惊叹早就已不复存在了，那幢幢整齐的白壁青瓦的新磨房，映衬着蓝天，深情凝望，屹立在绿葱葱的树丛中，故乡一定会变得更美好。

1986年12月于临潭

守场的日子

那年头，是大集体——生产队的时代，一到农历的八九月份，秋后收割完的庄稼，等到秋高气爽的晴日里落了几场凌厉的薄薄的秋霜，待干爽之后便择日一清早统一搬上了场。搬到场上的庄稼按不同的种类，摞成圆锥形的垛子，孤寂地放在空荡荡的场里，等到一两个月后农建水平地梯田完成，再行打碾。那时候，农村里的日子过得很紧，为了防止偷盗和防火，队里便安排一两个老实可靠的人守场。

为了减轻兄嫂的负担，正上高中的我，应顶多半个劳动力，上学之余总要抽时参加生产队的劳动，多挣几个工分，求得秋后打碾时多分几斤口粮。因为上学，除星期天外，白天的工分是没得挣，所以晚上守场便是最好的机会，睡觉挣工分，白天不误上学。

我们生产队的场分上场和下场，上场兼做饲养园，四周围墙严实，有一高大的车门，晚上饲养员们把大门一锁便可高枕无忧，也就无须守场人。下场三面环墙，一面与巷子连通，无遮无拦，所以最需要守场人，责任也就重大。守场的方式较多，有全队挨家挨户轮流守的，有几家搭伙联合守的，有固定专人守的。自从我主动向队长请缨后，我和两个伙伴就固定连守了三个秋冬的场，从深秋一直到严冬。守场的窝棚用田车和车牌在垛子上搭成三角形，用木轮堵住，上面搭上长草可御雨雪，四周围用草塞住可挡风寒，只留一个出入的小洞，人就睡在里面。为了防止火灾，守场是不能用灯的（当时没有电灯，只有煤油灯），但为了照顾我们晚上看书，队长千叮咛万嘱咐，我们千保证万小心，才允许用一盏马灯为照明看书。

那时，日子虽清苦，秋夜虽漫长，冬夜虽寒冷，但过得倒也很快活。连续三年的守场伙伴是我的同班同学海源，和小我两岁的拉黑曼。海源生性善良，聪慧好学，我俩志趣相投。从穿开裆裤直到今近不惑之年，一直形影不离，相互伴随着度过了难忘的风雨时光，如今我在机关供职，他成了当地颇有名气的中医，当我们一起提起守场的日子，总有扯不完的话题，说不完的趣事，怀念不完的往事。

每当夜深人静之时，我们总要例行公事似的在场周围转几圈，尖吼几声，也许是为了给觊觎场上粮食的人提个醒儿，抑或是为了给队长和全队的人有个交代——我们并未沉睡。

然而，最惬意的还是每月阴历的初七至十六有月亮的夜晚，玉盘般的月亮挂在晴朗的夜空，静谧空旷的场上洒满了银白色的月光。有时我和海源弄拳挥棒，两条齐眉棍呼呼作响，抡转如飞，记得有一次互相交手比试，海源大拇指的半个指甲被打飞，鲜血直流，至今手上伤痕犹在。有时和白天守场的搭档、一位善良的老人、我们暗中爱戴的“老四类”胡胡爷在一起，听他说古道今。至今他说的“铺的轱辘，盖的皮绳，哪里来的贼风”“一个铁盒门上挂，君子看见摇头去，小人看见坏心起”的诙谐谜语依然记忆犹新。有时在明月夜，胡胡爷的孙子折麻录一放歌喉，我们一次次欣赏到了“十五的月亮升上了天空”“尕妹妹的大门上浪三趟”“花儿为什么这样红”“跑马溜溜的山上”等从未听过的优美歌曲。

守场的夜是平静的，快乐的。有时游荡的野狗会嗅着我们玩困的汗腥味，悄悄闯入我们蹲守和睡觉的草棚，在我们的头顶和脸颊上嗅闻，呼呼的热气往往会惊醒我们的甜梦。

三年的守场中，经过了二百七十多个平静而又平安的夜，没有出过偷盗的事情，我们自己意识中也从没有产生过往家中拿场上一根草棍或一粒粮食的念头。但有一天发生了一件有惊无险的事情，白天打碾完庄稼后，粮食未来得及入库，便露天堆放在场中，为了第二天验收，便在堆好的圆锥形粮堆上用灰撒上字，如果第二天字完好无损，就证明粮食没有人动过，否则就是出了问题。那时的政策是谁拿了一点集体的粮食，轻则在生产队批斗，重则被公社拘留游街。那天早晨，黎明的黑暗尚未褪尽，我们起来要去上学，睡意蒙眬的海源，一出窝棚，懵懵懂懂地踏在了撒了字的粮食堆上。这下事情闹大了，人们议论纷纷，各种说法、猜测应有尽有，眼看我们就要遭受不白之冤，幸有接白天班的胡胡爷为我们证明辩白，还有我们以往的行为以及队长对我们的充分信任，才使我们免背黑锅，免遭惩处。今天记起这件事还心有余悸。

艰难的岁月，教会了我们如何生活，三年守场的夜晚给我们留下了许多值得回忆的美好时光。守场的日子，苦中有甜，甜中有苦，苦中作乐。那种滋润和营养，让人回味无穷，受用不尽。我们这一代人就是从那样的苦日子里磨练出来的；我们的路是从宽阔的、堆着麦垛、铺着麦草的场上，那矮小的草棚中延伸出来的。“陡山我们能攀，险路我们能走，顺境我们能随遇而安，逆境我们能顶风斗浪”。

洮水呜咽石堡城

一

羊巴，坐落于甘肃卓尼县西北，是洮河之滨一个不起眼的村落，它正是中国历史上赫赫有名的石堡城。《洮州厅志》载：“石堡城在城（今新城）西南七十里，今名羊巴城。”儿时的我们无数次从它身下走过，却司空见惯于它的普通与平凡；对历史的无知，使我们无数次漠视了它在历史上的赫赫声名与血雨腥风。

在这里唐王朝与吐蕃曾经发生过几十次军事冲突，正是这些军事冲突，抑或称为石堡城战役，让哥舒翰闻名唐朝朝野，名垂青史，让西鄙人从内心发出了千古绝唱的诗篇：

北斗七星高，
哥舒夜带刀。
至今窥牧马，
不敢过临洮。

今天，年届不惑的我和志杰，带着凭吊这座历史遗迹的急切渴望之情，再一次来到羊巴——石堡城遗址。石堡城虽在现在的卓尼县，但原属古洮州辖域。古洮州的疆域包括了今甘南地区和青海的部分地区，古人描述为“洮水绕其前，黄河绕其后，诚秦陇之保障”，“东蔽湟陇，西控番戎，黑石关居其东，白石山居其西，北抵石岭险阻之地”。石堡城与古洮州城——现临潭旧城，这个在隋唐时期被吐蕃等少数民族称为“临洮”的古镇，仅有十里之遥，沿旧城沟南下渡洮水即可到达。

石堡城在羊巴村西的小山上，被洮河以三百度的转弯环绕着，“城在半山上，下临洮水，三面险绝，唯西南一径可通，西则石壁峭立，营迹累累……《方舆纪要》载：‘西宁镇西南三百里有石堡城，唐天宝八载哥舒翰所克者。其城三面险绝，唯一径可上，吐蕃以数百人守之，唐兵死者数万。’其年月形式俱与洮州石堡城相符合。”山顶散落的残砖碎瓦，清晰可辨的城墙遗址，村民犁地时偶然而出的兵器箭头，无不昭示着这是一个古战场的遗迹。

“秦时明月汉时关”“唐时艳阳照唐城”，在晴空万里的蓝天下，尘封了无数金戈铁马、无尽历史内涵的石堡城，对一个追寻往昔、发思古幽情者露出极度的不屑和静默。只有远处传来的阵阵松涛声仿佛是古战场的风嘶马鸣。今天我们无法体会甚至无法设想在这方圆不足二里的小城，严格说不足二里的小堡中，唐朝军队和吐蕃人战斗的惨烈程度。或许对面营盘梁上的风火墩，默默记录了历史的惊人一幕；或许那昼夜东流的洮河水，在呜咽声中向我们诉说着历史的足音。

二

“公元8世纪草原地带出现无数好战的部落，简概说来，符合拉铁摩尔所谓草原地带循环性，乃是中国内地循环性的产物，亦即唐朝由盛而衰，中国自统一趋向分裂。草原地带诸部落则反其道而行，可是从我们所考虑的史迹来看，则表现着当唐朝一心开展水上交通和稻米文化的时候，北方边境的情形更对武装的游牧者有利。”（黄仁宇《中国大历史》）隋唐时期众多的少数民族中，吐蕃是最强盛的游牧民族之一，其种属繁多达一百五十多支，散居于青藏高原和西北的河湟洮岷之间，唐太宗时松赞干布统一了西藏各部落，东赞统一了河湟洮岷的各部落。东赞时吐蕃达到鼎盛。其后东赞五子各自专权，侵扰唐朝边界，唐朝屡次派兵剿抚。唐太宗时松赞干布向太宗提出和亲，太宗以文成公主嫁之。唐中宗景龙三年（709）弃隶宿赞入贡唐王朝请婚，唐皇帝以雍王守礼女为金城公主和蕃。“金城公主毙，吐蕃因请不许，夷乃悉众四十万入犯，袭廓州败一县，攻振武军石堡城。”开元二年（714）唐蕃虽然签订了“两国地界盟约”，但不久再次东侵，玄宗命左羽林军、陇右防御使薛纳等防御吐蕃，并与之大战于渭州之南，吐蕃溃败退守洮河以西，从此唐蕃双方驻守于洮河东西，形成军事对峙。

位于洮西的石堡城，是吐蕃东侵的桥头堡和前沿据点。进，渡洮河向北十里可攻洮州城，沿洮河东岸可攻岷州侵扰关中；退，可以洮河为天然防线，从卡车沟和车巴沟撤退至迭部一线；踞，可虎视陇右，伺机而动。

正是这一重要的战略地位，在公元749年石堡城之战前，唐王朝就与吐蕃在这里进行了几十年的拉锯战。唐明皇开元十七年（729），吐蕃陷石堡城，留兵据守，侵掠河右。唐明皇李隆基命朔方节度使李祎与陇右节度使商议攻取石堡城，当时众将领认为石堡城地势险要，四面悬崖数十仞，石壁盘曲三四里，路途遥远，难以攻取。李祎力排众议，引兵深入，一举攻占石堡城，拓地千里。玄宗大喜，改石堡城为“振武军”，给吐蕃造成巨大威胁。大诗人高适曾写诗追忆李祎之功：“……惟昔李将军，按节出皇都。总戎扫大漠，一战擒单于。常怀感激心，愿效纵横谟……”（《塞上》）

其后吐蕃又多次攻打石堡城，均以失败告终，慑于唐王朝的威力，向唐王朝请求和亲。忠王皇甫惟明上奏唐室，说明战事之弊：“边境有事，则将吏得因缘，盗匿官物，妄述功状，以取勋爵。此皆奸臣之利，非国家之福也。兵速不解，日费千金，河西陇右由兹困弊。”他上言和亲安抚之利：“陛下诚命一使，往使公主与赞普相结约，使之稽桑称臣，永息边患，岂非御戎狄之长策乎？”唐玄宗命皇甫惟明和内使张元方出使吐蕃。吐蕃首领“赞甫大喜”，派遣其大臣论名悉猎随皇甫惟明入贡唐室。

在获得了两年的边塞平安后，唐明皇开元十九年（731），吐蕃四十万人抵安人军（今青海西宁西）。当时的陇右节度使经略嘉运，恃宠骄矜，“虽勇烈有余，然言气矜夸”，石堡城未能守住被吐蕃攻陷占领长达十八年。

三

唐代将全国分为关内、河南、河东、河北、山南、陇右、淮南、剑南、岭南等十道，古洮州所属的陇右道，辖今甘肃全境，宁夏、青海的部分地方。唐明皇天宝六年（747），玄宗李隆基与杨贵妃在风流浪漫的度日中，突然想起了被吐蕃占领的石堡城，从而拉开了两攻石堡城的序幕。在反击吐蕃的战争和两次石堡城战役中，唐朝的将领是历史上赫赫有名的军事家，他们是王忠嗣、哥舒翰、李光弼、李晟。哥舒翰、李光弼在“安史之乱”的平定中战功卓著；李晟在平定朱泚之乱中，力挽狂澜，有再造唐室之功。

王忠嗣，唐明皇天宝六年时任陇右节度使。唐明皇开元二年（714），吐蕃十万人进攻临洮（今临潭）、渭源，唐将薛纳等率兵大败吐蕃，杀俘吐蕃数万人。这次战役中王忠嗣的父亲丰安军使王海宾战死，王忠嗣时年九岁，唐明皇将忠嗣收养宫中抚养成人，后充任陇右节度使。王忠嗣极具战略眼光，爱兵如子，在任陇右节度使时多次消灭犯边吐蕃，有效遏制了吐蕃的窜扰。在石堡城对岸山梁设烽火台，吐蕃的一举一动都在唐军的监控之下。吐蕃不敢越过洮河，唐军可厉兵秣马伺机渡河消灭吐蕃，使吐蕃石堡城失去了桥头堡的战略作用。

哥舒翰，突厥族哥舒部落人，原为陇右节度使王忠嗣部下，天宝六年代王忠嗣任陇右节度使。后兼河西节度使，封西平郡王，不久因病居长安家中。“安史之乱”时任兵马副元帅，统军驻守潼关，因杨国忠猜忌，被迫让人用担架抬着出战，大败被俘，囚于洛阳，安庆绪兵败撤退时被安杀害。

李光弼，天宝六年时陇右节度副使，营州柳城人，契丹王楷落之子。当时又任河西兵马使。他和哥舒翰均因勇略为王忠嗣所重用。

李晟，字良器，临潭人。十八岁投陇右节度使王忠嗣任裨将，武艺高强，作战勇猛，被王忠嗣称为“万人敌”。唐代宗大历三年（768）时任右军督将的李晟，率千人出大震关，至临洮攻破吐蕃定秦堡（在洮州），焚其积聚，虏堡帅慕容谷种而还。他多次败吐蕃，屡立战功。平定叛乱，特别是在定朱泚、李怀光的叛乱中，收复京师长安，唐德宗哭叹：“天生李晟以为社稷，非为朕也!”封西平王。

天宝六年，唐玄宗李隆基向王忠嗣正式发出攻打石堡城的命令，鉴于石堡城在唐军的监控之下，王忠嗣审时度势之后认为“石堡险固，吐蕃举国守之，非杀数万人不能克，恐所得不如所失。不如厉兵秣马，俟其寡取之”。“帝不快。将军董延光自请取石堡，忠嗣奉诏而不尽副延光所欲，盖以爱士卒之故。”

王忠嗣作为军事指挥，具有很现实的战略眼光和对付吐蕃的经验，防御吐蕃侵扰的措施，是建立在充分实践的基础上的。当时，吐蕃每在麦收季节就会渡河抢收粮食，故哥舒翰、李光弼曾设下伏兵，在吐蕃抢粮时，出其不意截断其退路，使吐蕃无一人回还，从此再不敢越河窜扰。

在协助董延光作战时，李光弼曾对王忠嗣分析说：将军以数万之众助延光，你不尽心，士兵不尽力，皇帝旨意不能实现，董延光会将罪责推诿于你，授人以柄，“何以杜其谗口?”

王忠嗣的一段话掷地有声：“以数万众争一城，得之未足以制敌，不得亦无害于国，故不欲为之。嗣今受责天子，不过一将军归宿，岂以数万之命易一官乎?”

这次战役的结果和王忠嗣的命运不幸被李光弼言中，石堡城战役以失败告终。董延光“过期不克，言忠嗣阻挠军计，上怒”。再加李林甫谗言，王忠嗣被捕诛斩，幸哥舒翰力陈其冤，极力保奏方免死罪，贬为汉阳太守，哥舒翰接任陇右节度使。

石堡城给王忠嗣爱护士卒、坚持真理的胆略，李光弼的先见之明，哥舒翰的侠肝义胆，董延光的好大喜功提供了充分展示的舞台。

天宝八年（749），“帝使哥舒翰攻石堡”，哥舒翰“率兵六万攻吐蕃石堡城，其城三面险绝，惟一径可上。吐蕃但以数百人守之，贮粮食积木石。唐兵前后屡攻之不能克。翰进攻数日不拔，召裨将高秀岩、张守瑜，欲斩之。二人请三日期，获吐蕃四百人，唐士卒死者数万”，“果如忠嗣之言”。

天宝八年七月二十一日，石堡城终于攻下来了。唐代边塞诗人王昌龄在《塞下曲》中记述：“饮马渡秋水，水寒风似刀。平沙日未没，黯黯见临洮……”大诗人高适在《同李员外贺哥舒大夫破九曲》诗中描述了这次战役的惨烈：“遥传副丞相，昨日破西蕃。作气群山动，扬军大旆翻。奇兵邀转战，连弩绝归奔。泉喷诸戎血，风驱死虏魂。头飞攒万戟，面缚聚辕门。鬼哭黄埃暮，天愁白日昏。石城与岩险，铁骑皆云屯……”

哥舒翰攻占石堡城后，唐王朝在石堡城为他立碑述功，镌刻《石堡战楼颂》，俗称“八棱碑”。清光绪时期石碑依然屹立在石堡城中，光绪三十二年（1906）编撰的《洮州厅志》载：“城中有八棱石碑，系唐天宝八年（749）所竖，碑文为石堡战楼颂，言即哥舒翰攻吐蕃纪功之作。”碑文在《洮州厅志》金石类中有录，只是缺字较多，已无法通读。

石堡城战役之后，哥舒翰于天宝十三年（754）在九曲之地置洮阳、浇河二郡，又在磨环川（今卓尼扎古录乡迭当什村）破吐蕃，置神策军。

“安史之乱”哥舒翰全军移守潼关，吐蕃乘机再起。石堡城战役之后仅仅七年，唐肃宗至德元年（756）吐蕃再次攻占石堡城。不但没有“至今窥牧马，不敢过临洮”；而且于唐代宗宝应二年（763）七月，入大震关，陷兰、河、廓、洮、岷等州，尽取河西、陇右之地。唐德宗建中四年（783）与吐蕃歃盟，划定边界。从公元763年洮州被吐蕃占领，直至三百一十年后的1073年宋神宗熙宁六年，才由王韶收复。金朝诗人董师中因而高吟“洮州仍是汉家城，积石相望十驿程”。

著名历史学家黄仁宇在《中国大历史》中，对唐代的这段历史做了中肯的评价："自武则天太后至玄宗李隆基，帝国对边境的政策大致上出于被动。偶尔中国之武力有突然的表现，战胜取功，恢复了业已失陷的土地，保障了商业路线之安全，吐蕃和契丹之猖獗，可以暂时平压下来。然则这期间中国方面也有严重的失败。况且每次交锋之后，仍用和亲纳贡的方式结束。这几十年内未曾有过一次歼灭战的出击，又没有大规模全面攻势，也缺乏永久性的规划。只是我们要承认，在这时代采取以上诸步骤并不适合于大局。"唐代大诗人高适也疾呼"转斗岂长余，和亲非远图"。

四

吐蕃好战，明皇黩武。我无意评价唐蕃的民族关系，也无意分辨这场战争的正义与非正义，但战争给人民带来的苦难是不争的事实。据《旧唐书》载："开元十五年十二月制以吐蕃为边害，令陇右道及诸军团兵五万六千人，河西及诸军团兵四万人，又征关中兵万人集临洮（今临潭）。"当时，洮州成为唐蕃冲突的中心和前沿。李白的诗《子夜冬歌》："明朝驿使发，一夜絮征袍。素手抽针冷，那堪把剪刀。裁缝寄远道，几日到临洮。"形象地描述了一位妻子，给远在洮州戍边的丈夫，寒夜赶制棉衣的情景。唐宝历进士秘书省校书郎朱庆馀的诗《自萧关望临洮》："玉关西路出临洮，风卷边沙入马毛。寺寺院中无竹树，家家壁上有弓刀。惟怜战士垂金甲，不尚游人著白袍。日暮独吟秋色里，平原一望戍楼高。"真实反映了洮州边塞的战争气氛。

石堡城战役胜利之时，唐王朝全面衰落的隐患"安史之乱"已悄然酿成。杜甫在他的不朽史诗《兵车行》中全面反映了明皇用兵吐蕃，民苦役行的历史事实。他在"车辚辚，马萧萧，行人弓箭各在腰"的壮观场面背后，看到的是"爷娘妻子走相送……牵衣顿足拦道哭，哭声直上干云霄"的悲惨情景。他对"八载（749）帝使哥舒翰攻石堡，拔之，士卒死者数万"的石堡城战役发出"边庭流血成海水，武皇开边意未已。君不闻汉家山东二百州，千村万落生荆杞”的怒吼。他对参加战役的唐军士兵表达了“况复秦兵耐苦战，被驱不异犬与鸡”的深深同情。

伟大诗人在诗中悲天悯人的情怀，珍视生命的人文关怀精神，正是传统文化中熠熠生辉的亮点。我无意苛责“挥头斩万戟”的残酷和骄矜，然而数万唐军士兵的生命，值得我们关注。对生命的漠视是最大最可怕的痼疾。中华民族是一个整体，我们在指责吐蕃民族好战劣根的同时，也应查查自己的病症并医治，这对今人和后人都是有益的。杜牧《阿房宫赋》中“呜呼！灭六国者六国也，非秦也。族秦者秦也，非天下也。嗟乎！使六国各爱其人，则足以拒秦。使秦复爱六国之人，则递三世可至万世而为君，谁得而族灭也？秦人不暇自哀，而后人哀之。后人哀之而不鉴之，亦使后人而复哀后人也”的千古高论，足以使我们自警。

五

唐以后石堡城便退出了历史舞台，几乎销声匿迹。

公元1891年（清光绪十七年），几个黄头发、高鼻梁、蓝眼睛的外国传教士来到了石堡城下，传达上帝的福音，发展信众，建起了基督教堂。1914年美国传教士新普送，在岷县建立了“中国基督教神召总会”，在石堡城下的羊巴村成立了神召总会的分会。石堡城成为基督教神召会在甘南乃至甘肃地区传播的大本营。洮州地区于1891年接受基督教义第一人，贡生周肇南就长眠于石堡城下。周曾任“中国基督教神召总会”副总监，也是洮州地区接受西方文化第一人。周肇南作为周家长子接受了基督教，周家次子周化南保留了洮州汉族的原有信仰，周家老三改信了伊斯兰教。至今民间传有“洮州城里周贡生，一门出了三教人”，他们成就了洮州历史上的一段逸闻。

清末民初德裔美国汉学家劳费尔，将石堡城“石堡战楼颂”八棱碑偷运到美国，存放在纽约费尔德自然历史博物馆，则是民国八年

（1919）的事情。当时地方知名人士联名向政府揭露控告，最后也不了了之。八棱碑是不幸的，又是值得庆幸的。不幸，是因为在国将不国时，中国腹地的洮州，一块石碑都未保住流向海外，成为邑人百年的隐隐之痛；值得庆幸，是它安然矗立在纽约费尔德自然历史博物馆中。留在国内即便躲过地方多次变乱，也绝对逃不脱“破四旧”或“文革”的劫难，那消逝了的无数文物古迹足以说明这一点。八棱碑是不幸的，它成为离乡的游子，在地球的另一端，远隔重洋默默遥视它原来的安身立命之所；八棱碑又是幸运的，在世界一流的博物馆中，向世界展示着古洮州的风彩。它毕竟不是虚无缥渺的梦幻，它确实存在于一个遥远的国度。八棱碑的命运让人在恨与喜的情感中徘徊，历史造成的矛盾很难用是或非来下结论。

六

冬天的太阳很快就落山了，石堡城南端录巴寺庄后是唐万人冢，攻打石堡城阵亡的数万将士就葬身于此处。苍茫暮色中的无数土堆静默无言，那飘浮的幽蓝磷光，向世人昭示着抛尸于异乡的孤魂野鬼的千古幽冤。“君不见，青海头，古来白骨无人收，新鬼烦冤旧鬼哭，天阴雨湿声啾啾。”该回去了！害怕恐怖是人与生俱来的天性。我的诗人伙伴，在洮水的呜咽声中高声咏诵：

北斗七星照万家，
不见哥舒刀影斜。
芳草萋萋临洮路，
马蹄声碎惊尘沙。

心灵的驿站

2005年10月，教育部在气候温润的贵州贵阳召开“全国中西部省区扫盲汇报会议”，在极不情愿的情况下，我被派去参加会议。那年的10月时值斋月，出门在外既误了斋戒，又误了斋月的礼拜，但公差难违，只好硬着头皮上路了。

生平第一次坐飞机，下午两点从兰州中川机场登机，飞机呼啸着冲向蓝天。我坐在窗口，俯视一晃而过的山山水水，地面的建筑越来越小，山岳越来越矮，飞机在茫茫云海中，犹如一只步履蹒跚的小船彳亍而行，远处的白云犹如家乡的迭山，蜿蜒千里，怪石嶙峋，天上人间、云海人间浑然如一。

一个小时后，飞机在成都双流机场降落，我随着旅人和省教育厅的同事一起走出机场，裹着闷热，坐车进入成都市区。

深秋，白天的日子很短，很快天就黑了，开斋的时间也到了，但晚饭却还没着落。平时生活在西北，清真食品满大街都是，由于没有思想准备，再加仗着自己胃好体健，去南方用方便面对付几天想无大碍。未承想在成都的街道上竟找不到一包方便面，甚或就根本没有卖清真方便面的，或是我没有找到卖清真食品的。望着满街的四川小吃，叹无我的一口饭食。同行的省教育厅同事——一位和蔼的同龄人，邀我跟他去吃饭，让我挑点米饭充饥。好心的伙伴，我怎能应承你的盛情呢?

漫无目的地沿街而行，寻寻觅觅，期望着能遇到一家清真食品铺，但走了一条又一条的街道，在饥肠辘辘的寻觅中，希望与失望在街头交织着。忽然在众多的川味小吃行列中“清真兰州拉面”的招牌闪动着，让我喜悦之情油然而生，我一时眉头舒展开来。饭馆是青海撒拉族穆斯林所开，老板说开业不到二十天。在这茫茫人海中，这个饭馆犹如沙漠中的一汪清泉，给像我这样的旅行者带来了莫大的安慰，亲爱的撒拉族兄弟，你开饭馆不仅仅是在赚钱，更重要的是给人在旅途中建立了一个人生的驿站。

当晚10点从成都双流机场登机飞向了贵阳，午夜12点到达贵阳机场。贵州的首府贵阳，气候湿润温暖，虽然临近初冬，贵阳青山依旧，街道上的树木依然郁郁葱葱，让来自寒风瑟瑟、草木凋零的大西北的我陶醉在山清水秀的贵阳城。但困扰人的依然是吃饭问题。参会人员的食宿安排在四星级的贵州饭店，住宿条件好，服务热情周到，但就是没有清真餐饮。会议一散，别人都去吃饭了，唯独我在宾馆独自尴尬地想着办法。情急之中忽然想起一个民间伊斯兰刊物上说，到陌生地找不到清真饭馆，就打电话向当地伊斯兰教协会求助。找来黄页，贵阳清真寺的电话就映入眼帘，拨通电话，一位姓刘的工作人员说贵阳清真寺附近有新疆人开的清真饭馆。

信念和胃口的力量催我踏上寻找清真寺的路。出租车上，司机也说不清清真寺在哪里，热情的师傅电话询问了出租车行，终于找到了准确的位置。

习惯性的思维，想象着斋月的清真寺一定是人头攒动。清真寺坐落在一个叫夏状元街的小巷里。在前往清真寺院落的走廊上，有几家靠墙的摊位，一位无精打采的老太婆在那里打瞌睡，一个女学生在摊桌上写作业。林立的楼群中，一个小门上写着“清真寺”三个字，门里边是一片废墟，一座明清建筑的清真寺赫然立于眼前，时值晌礼，清真寺空无一人，大殿门紧锁着，幸好几家清真饭馆中的一家在营业，解决了吃饭问题，就只好无奈地返回饭店。

第二次进入清真寺是在昏礼的时候，一位老人从水房出来，手提两把汤瓶，看见我眼中有一种异样的神情，他给我道了“赛俩目”（祝安），并朗声问道，“朵斯弟你洗吗？”我惊异于老人的眼力，我平时不戴礼拜帽，自感没有能力承担白帽下的重任，没有资格戴着神圣的白帽招摇过市。老人自我介绍他姓马，是河南周口人，自青年时参加工作，辗转西南各地，最后从贵州水电八局退休后定居贵阳，家居遵义方向，距清真寺十多公里，每年斋月就住到清真寺守月。空旷的大殿中，孤零的两个身影在叩拜。

大殿的一角，放着这位守月老人的铺盖，老人无奈地述说着，七千多人的贵阳穆斯林，只有在家中有了亡人时，才电话与清真寺联系，我劝说我的儿女们做一次“主麻”也非常吃力。教门窝里长大的就是教门好，这是老人给我介绍一位兰州在贵阳的青年学子时发的感慨。兰州的这位青年学生姓马，在贵州经济学院求学。每天早晨，他的父母就从兰州拨通电话，叫醒他封斋，他每晚都来寺里礼斋月的礼拜。在这“不怕死，只怕穷，不怕己无，只怕人有”的污浊世俗中，让人钦佩的兄弟，你把信仰的那一点种子带到了这里。那时，我多么想和在异乡的青年学子见上一面，和他说上几句话，哪怕是三言两语也好。我和老马一边交谈，一边等待着他的到来，可等了许久，终究没有等到他，也未能与他谋面，但我却永远记着这位从未谋面的兄弟。

寺内灯光幽暗，寺外华灯高悬，远处隐隐传来“常回家看看”的歌声。守月的老人，你守的不仅仅是斋月的斋拜，而是信仰的热土，你用你的信念守护着我们信仰的家园，守护着我们心灵的驿站。

九天门纪行

站在临潭旧城的任何一处高地，向南眺望，迭山横雪、迭部石门尽收眼底。《洮州厅志》载："洮地名山西倾为宗，大川以洮河为长，若叠桑巴山（即迭山）、花儿干山，光盖山皆一山。""石门山在县南百余里，两山相对如门，山南即古迭州。"

"迭山横雪""石门金锁"列于"洮州八景"之中。无论是《洮州卫志》还是《洮州厅志》都有详实的记述。古今文人雅士也多有吟诵，清末洮州诗人陈钟秀吟道：

叠山南望白无边，雪积遥峰远接天。
尽可为霖能济旱，春风吹化是何年。

民国二十七年（1928）五月，著名历史学家顾颉刚先生考察临潭时写道："早五时起，至城北五里，登山观八龙池，南望迭部则雪山峥嵘无际，所谓石门金锁者有若蟹之张螯欲攫。"其助手王树民先生亦写道："然倚坐石上，迭部石门翘首在望，白云与雪山辉映，远景可弥其阙。"应友人之邀，顾颉刚先生吟诗一首：

雪压南山是迭州，石门金锁望中收。
白雪锁住石门里，添得雪山几个丘。

作为土生土长的本地人，每天都可遥视的迭山横雪、石门金锁，总是在遥远的天际，总是在云遮雾绕之中，她就像身披薄纱的仙女，犹抱琵琶半遮面的美人，给人一种欲窥其真容而又揭不去面纱的神秘感。让人梦牵魂绕，心向之，神往之。

为一睹大石门的风采，窥视九天门的奇险与高峻，我们决定徒步穿越大石门到迭部扎尕那。

2013年5月23日早晨5点，我们一行六人和七十年前的顾颉刚先生同一时间起程，顾先生北行登上八龙山观大石门，而我们西行折南经古战、术布、古羊巴城向卡车沟进发，与顾先生恰好方向相反。

早晨6点半左右，我们渡过洮河来到卡车沟的达子多村。“达子多”在藏语中意为“清澈的河口”，属卓尼县卡车乡，现更名为喀尔倾乡。沟口右侧的石崖上屹立着一棵古老的迎客松，像一位彬彬有礼的绅士向来往的行人躬身致意。卡车河从大石门发源北向流，在此处汇入洮河。卡车沟以沟内藏族村庄“喀尔倾”而得名，后约定俗成变音为卡车沟。卡车沟原是洮州至叠州羌中的南端。从卡车沟南行，越光盖山至叠州、沓中，分路沿白龙江西至四川若尔盖、松藩；东到阶州（今武都）。据说三国时姜维屯田沓中，西进洮西之地时，走的就是卡车沟古道。1958年曾在解放军的援助下修通了卡车至迭部电尕寺的公路，是为临卓通往迭部的要道，但1962年之后又逐步废弃。

顺卡车沟南进，内有诸多村庄，较大的有大力庄、革固庄、卡车大庄。沟两侧山上松柏、柳树郁郁葱葱，鸟语花香，卡车河滚滚北流，村庄静谧闲适，田园风光恰似世外桃源令人心旷神怡。著名大沟有郭札沟、玛尼儿沟、车路沟。在入沟十公里处有大日卡奇峡，峡深四十余米，长千余米。峡谷两侧石壁陡峭，卡车河白浪翻涌，宛如白龙腾跃，缓处水波荡漾，深处深不可测，置身峡中，如处世外。再进沟几里，便是古柏掩映的藏传佛教寺院“知知寺”，“知知”是藏语感恩之意。相传是西藏萨迦法王八思巴应元世祖忽必烈之请赴内地讲经传法，途经此地，因目睹战争灾难，顿起怜悯之心而倡导所建。人们为感激八思巴之恩，将寺院起名为“知知寺”。

从卡车沟口的达子多行进十五公里左右，就是卡车大庄，藏语发音为“喀尔倾”，意为“大城”，因该地附近有一高大城墙而得名。庄口建有两座嘛呢塔，多座水轮玛尼房。溪流淙淙，野花遍地，莺啭水流，白塔与蓝天辉映。从卡车大庄就有了两道分沟，左沟就是业木沟，东向可入大峪沟，南进可抵光盖山；进右沟就是龙源沟，直向南就可到达石门。我们进的就是龙源沟，进沟约一两华里又有三沟：中为直沟，右为西沟，左为札隆沟。我们从札隆沟南进。进沟的路虽能通车，但又极其难行，两辆车二十多公里路，走走停停竟用了两个多小时。

札隆沟中没有人庄，东西两山全是森林或是草场，相距几里就有一个牧场，有的是夏季牧场，有的是冬季牧场，路边有人居住的牧场点很少。

约在中午11点多，我们来到了札隆沟垴，小石门附近，这是入沟后的一片开阔地，东西两山相距较远，山势缓平，有五六家迭部的藏族牧民在此租牧场放牧。这里除挖药放牧的人外，很少有人进来。藏民一见我们到来，纷纷围过来问长问短，甚是好奇热情。车路至此已为尽头，再往沟中只能步行。我们便将车停在一个年轻牧人家牧场中，男的不知姓名，女的叫南九草。谈好停车看护费后，我们六人即刻步行上路。约一小时抵达小石门口。在这里有南北纵向的深沟，住有一户牧场，男女主人见我们到来，特意出来与我们招呼。

我们就近在一片空地烧水煮茶，开始野营的第一顿午餐。每人一碗酥油糌粑，几块烤鸡，饭饱茶足，稍事休息后，就进入小石门。

小石门顾名思义，是进入大石门的门户。两侧石壁相互错落，由远至近，石门慢慢打开，依次曲曲折折显露出来，七道石门各具特形，有的像方形门，有的如圆拱门，有的门扇半开，有的门扇闭合。山石为门，壁崖为杻，怪石嶙峋，立仞万千，直入云霄。石门时宽时窄，时开时合，水声如惊雷，更似万马奔腾从石门宣泄而出。石门最窄处要擦身低头才能通过，仰观天穹，悬崖或压顶而来，或直刺云天。从一道门、二道门至七道门后，山势逐渐开阔起来，映入眼睑的便是石林景观，诸石各具形态，不可枚举。

进入七道石门再前行穿过一片五六公里的开阔地，大石门——即九天门横亘眼前，回望眼，这里恰似修筑了七道城门的大城，九天门位居至尊。

九天门是光盖山的主峰，因其高耸入云霄，如上九天而得名。石门两侧石崖，对峙高数百米，中隔一沟，相对之面如刀切斧劈，高低远观齐平，形状恰似天门中断石门开，两岸青山相对出。石门两侧山峰白雪皑皑，山顶石如露骨，山底绿树成荫，山上寒冷彻骨，山下草坪如茵。阴晴云雨瞬息万变。立于石门，仰观天宇，造化之神奇，自然之妙化，钟灵之毓秀，人之渺小与无奈，了然于胸，犹如九天之门洞开。

靠近九天门下，其右侧山峰上有一小洞，一股清澈的清泉喷射而出，瀑布落九天，珠玉撒石崖，蔚为壮观。当地牧民告诉我们，喷泉在每月的十四或十五的一天喷出，其余时间没有一滴喷水。情况确是如此，那天我们到达九天门的时间正好是2013年5月23日，是农历四月十四日。藏民们认为我们是吉祥的有缘人，有幸碰巧见到了喷泉的日子。

据《卓尼史话》载：在喷泉上方百十米处有藏民供奉的石洞经堂，石洞经堂经数千年的演变成为九龙泉溶洞，是九条龙的栖身地。九龙溶洞深不可测，始入洞，人须匍匐而过，渐进猛然见大，约如一厅，继续前进，便又显得漆黑阴森，溶洞内有天然形成的九条龙、石狮、水池等，造形惟妙惟肖，亦幻亦真。九天门脚下还有一月牙形深潭，人称“雅安措”，潭深约一米，面积三百多平方米，称月牙湖。蓝天、白云、石门、青松倒映其中，潭水如镜，水天一色，幽静而神秘。

我们到达九天门下时，已近下午4点，天开始阴沉下来，云雾亦从四面滚滚而来，大有黑云压城城欲摧的阵势。由于我们一门心思要去迭部的扎尕那，因而无缘领略到溶洞和潭湖的壮观与神奇。

九天门给人一种壮美，一种神奇，一股无法参透的神秘。清乾隆五十五年（1790），岷县诗人李殿图出差四川松藩，途经大石门，曾写诗记述：

石门金锁锁何年，木客仙都此经传。

跦踢南经详郭注，酖鸡莫讶瓮中天。

李殿图在诗注中说：“自卓尼行三日，入大小两石门，皆无人之境，又南大石山，名‘石门金锁’，高万仞，人不能上，遥望如白云遮天。土人谓山多神奸异物，有一首二身，二首一身之兽。”他认为《山海经·大荒南经》记有“赤水之西，流沙之东，有兽，左右有首，名曰跦踢，有青兽相并，名曰双双，骈雅曰跦踢，屏蓬两首兽也”（见《岷州志校注》）。因此诗作者认为，传说中的人形、爪钩之木客怪兽和传说中仙人居住的仙都在这个地方盛传、印证。怪兽我们无缘得见，但24日下午两点多高云在等我们返回时，在小石门外的半山上无意中用手机拍到两张清晰的UFO（飞碟）的照片，让我们回来后很兴奋了一阵。但在互联网上一公布，有网友指出这是三星手机中360软件预设作的怪。让兴奋的我们又感觉很扫兴。但无论如何，这一奇遇为我们的旅行又增添了一种奇趣。

我们在大石门未多待，便于下午4点多起程前往迭部扎尕那。此时已是风起云涌，雾满山岗。我、苟晓红、牛玉安在不知不觉中与高云、张治中、敏建新拉开了距离。山中没有通信信号，起先还能相互遥遥可见，以吼声联系，但经过一小时的急行，走过一个大坡的平缓羊肠小道后，我们又延与大石门相对的北麓山坡西行，在这里我们两队人马完全失去了联系。

此时大雨如注，浓雾让人难以见路，我们攀行的山坡海拔已达四千多米。艰难攀行，我们气喘如牛，体力严重透支，在两个小时后终于抵达山口，此地海拔约在四千八百米左右，我们都有一点高原反应，但这种反应很快就消退了。唯有牛玉安是男歌手，长期练习发声，肺活量大，在攀行四千七八百米的山坡时还能轻松地来一曲男高音，为艰难行进的我们提神壮气。

我们三人原本打算翻过山口，下到平地，再休息等待后面的三个同伴。但是山中的情况瞬息万变。懵懂中我们翻过山梁隘口，脚下是齐膝深的积雪，雪下水声隆隆。半小时后来到一处雪化之地，天已近下午6时，雨、雾、云笼罩着整个山沟，我们伸长脖子遥望山口，企盼着看见同伴的身影。地下水流如注，天空浓云密布，山头烟雾笼罩，天亦渐黑了下来。直等到近晚上7点半，不见一个人影，寂静的深山让人恐怖与无助，每一座石山，都犹如张牙舞爪的怪兽向我们扑来。山重水复疑无路，整个山沟都是一片沼泽，我们踏着沼泽中隆起的草包沿北山向西行，想奔扎尕那而去，只有到达那里才是人庄。

然而，屋漏恰逢连夜雨，这时横在我们前面的是三岔路口，一条沿山沟西去，一条折南上山要经一段积雪路段，艰难的抉择摆在我们面前。想撤回去找到同伴，但我们都已筋疲力尽，要想重新翻过约海拔五千米的雪山，绝无可能。想翻南去的山梁，我们无法知道会到什么地方。迷路的恐惧与对同伴的担心占据了我们的身心。我们只能决定沿沟西行，走出深沟或许能找到牧场和返回的路。

几经波折，我们在沟的南麓找到一条牛羊走出的羊肠小径，雨中急行两个多小时，在丛林中看见了牧民的牦牛，这是山重水复疑无路之后的柳暗花明，约在晚9点时，我们停在了一个牧场，一位藏民妇女在她的尖尖牛毛帐篷前挤奶。苟晓红上前问路、借宿，藏族妇女表露出的热情和仁慈让我们感动唏嘘，她说："天黑了，大雨你们走不出去，就住在我们帐篷中。"

在如今"以最大的恶意和最坏的结果去揣度人心"的时代，我们以小人之心，多次询问其丈夫是否在牧场，我们不敢想象一个妇女怎样收留三个陌生男子，而她坦然地说："他有没有都一样，你们住下。"她把我们让进帐篷，让我们脱下湿鞋湿衣，她则在灶中烧起柴火，为我们烧起开水，在温暖的帐篷中，我们悬起的心才算落下来。但是由于她不会汉语，我们又不懂藏话，无法问清明天出沟后到达何处。

在火塘火光的映照下，这位年轻的藏族少妇，仍然忙碌地劳作，她烧开锅中的牛奶，摇动打奶机，分离酥油；在佛龛前她点上酥油灯，上了清水，叩了长头，喂了心爱的猫咪和小牛犊，才开始了她一天劳作之后的晚餐——奶茶、糌粑和面饼。夜里11时多，她招呼我们休息，她怕我们发冷又在我们的被子上盖上皮袄和褐子，就这样我们和这位美丽的藏族少妇在一个帐篷中挤了一晚上，度过了一个极度疲乏的寒冷雨夜。正如苟晓红所言，这一夜是平生的第一次野宿睡帐篷，远胜过住兰州的五星级饭店。当然如此，雪中送炭远比锦上添花更具意义。五星级宾馆是人的基本需求之外的奢侈，而雨夜中的帐篷则是我们生存的基本需求。

睡觉之前这位藏族少妇对我们说，明天她要坐“东巴”（封斋），不能和我们说话，开水已灌在暖水瓶中，糌粑、酥油在桌上，让我们起来后自己招呼自己吃喝后上路。极度的疲乏使我们在淅淅沥沥的雨声中很快进入梦乡。第二天鸣叫的鸟声惊醒了我们，她用手语招呼我们吃了再走。我们婉拒了她的好意，为了答谢她的盛情，牛玉安将他的音乐随身听小音箱赠给了女主人留作纪念。6点半准时上路。不远处一座牧场的男主人在煨桑炉前煨桑叩头，山沟中顿时一股袅袅轻烟升上天空，给清晨的山林沟壑平添了一种生机。他看见我们在拍摄他的牧场，远远招呼我们过去，说他给我们烧奶茶，早饭吃了再赶路。我们便赶紧过去问路。这位藏族牧民会说汉语，他说再走三个小时的路程就会到卡车大庄。他的话让我们一愣，转了一天一夜，仍在卡车沟里转。原来我们下山后南面山梁的雪路，正是去扎尕那的小路，而我们顺沟西行的路，则是从卡车沟的东沟札隆沟翻到了卡车沟的中沟——直沟。问清路线后，我们没有跟他去屋里喝茶，告别好心的男主人继续前行。7时多，早晨的太阳照在身后的雪山上，金光四射，美妙无限。经过三个小时的行走，我们终于出沟便又回到了昨天的起点卡车大庄。

我们后悔没有南行到达扎尕那，我们又庆幸没有翻山南行，因为翻过山梁又有两条路，选择错误的话，就会进入真正的无人区——迭部的哇巴沟，那后果就不堪设想。山中一夜，世事百日，人间真情只有在这深山老林中遗存，而我们对藏民的淳朴与善良也有了全新的认识。

中午1点左右我们终于到达卡车大庄，但我们仍然无法联系上高云等三人。我们想方设法寻人去给沟中送信，但都没有成功。我们只好在卡车大庄的桥头烧水喝茶，等待他们。下午4点，终于等到了敏建新打来的电话，他是借用迭部电信局特配给牧民的强力无线信号电话，上到一座山梁上打来的。

事后我们才知道，那天我们走散后，敏建新、张治中没有带雨具，又加高原反应，无力赶路，又没办法召唤我们返回，高云只好照顾两个病人，给他们服用了所带的霍香正气水，情况好转后，从原路返回，在大石门下牧民冬季放牧的窝棚——冬窝子住了一夜。下午6点多，敏、高、张三人开车从沟中返回到卡车大庄，我们两队人马会合后，在落日的余晖和晚霞中踏上了返家的路程。今天正是农历的四月十五，今晚的九天门肯定是诗人写的那样：

云封雾绕锁石门，双峰隐隐似夔东。
几见巫山多雨露，夹月偷窥不眠人。

春访□家寺

闫家寺在马旗沟，马旗沟是王旗与石门之间的一条沟，位于洮河西岸，沟呈东西走向，沟口叫口子下，从此处就进入马旗沟。

2017年2月，元宵节刚过，积雪才逐渐融化，在初春的寒风料峭中，笔者与佛协秘书长彭世华，摄影师高云、牛玉安一行，为探访已消逝多年的藏传佛教寺院闫家寺，驱车进入了马旗沟。

进入马旗沟的第一个村便是陈家庄，又叫陈庄。陈庄在王旗乡是一个比较大的村庄，全村以陈姓为主。陈姓在临潭东部地区是一个大姓，在王旗乡以陈姓命名的村庄还有陈旗等村。时间已过正月十五，此时农活开始动手，家家忙着翻粪运粪，马旗沟处处呈现出“沿村雪释欲成泥，晴日人扶陌上犁。最是微禽先得气，树梢几处有莺啼”。

陈庄往上不远处便是牌路下庄，牌路下庄在我的记忆中有着深刻的印象。因为在临潭的十八位龙神中，有三位女神，其中之一就是出自该庄的“牌路下阿婆”；另外两个女神在临潭西路的羊永乡白土村和长川乡冯旗村；一个称为白土娘娘，一个称为冯旗太太。本土学者李英俊在其《临潭庙会民俗文化》中记载：“白土村佛爷，群众称白土娘娘，姓甚名谁何地人无从查考。”明代时由于当地大旱村民祈雨时显灵，此处百姓便在该地雕像供奉，修庙祭祀，“后来到新城参加龙神赛会，因未得到皇封未让参加”，女神便一怒之下雹打新城田禾，“因此洮州地方官员呈请清朝皇帝，才被封为

‘敕封西郊透山响水九龙元君’正式有了封号，加入了洮州十八龙神行列”。据陈建中先生考证，“透山响水”的白土娘娘是位泉神，应是修炼得道的蛇精演化而来。

冯旗佛爷，姓甚名谁无从查考，群众称为冯旗太太，但在有的资料上标注为马秀英。据传沐英西征洮州时，该女神助沐英成功攻占该地青土坡子，而被“敕封为九天化身圣母白马太山元君”。马秀英是明太祖朱元璋的原配夫人马皇后，洪武十二年（1379），其依然在世，按传说她此时还未成神，所以后种说法难以成立。

牌路下娘娘，系一位女神，因庙建于牌路下村，故称牌路下娘娘，姓甚名谁无人知晓，只知她的封衔为“敕封金木元君都大龙王”，马旗沟一带群众信奉。有资料中将其称为“郭宁妃”，宁妃郭氏是明太祖朱元璋妃，濠人郭山甫的女儿郭宁莲。牌路下娘娘为“郭宁妃”的根据不知何来。

李英俊先生认为“供奉女神是原始女神崇拜的结果，不论是白土村的响水九龙元君，还是牌路下村金木元君，她们的神衔都冠以‘九天’‘元君’，道家把修炼成仙的女人称为‘元君’，九天元君即天上仙女之意，从考古学、历史学、民族学和民俗学角度看，女神崇拜是最早生殖崇拜和祖先崇拜，偶像崇拜……十八龙神中有三位女神，无疑是女神崇拜的遗留”。

车过牌路下村，参观一下女神庙是大家共同的选择。

牌路下村坐落在阳面的一个小山沟中，背靠大山，南对阴山树林，约有四十多户人家，牌路下娘娘庙，就在村庄最高处的一个山嘴上。我们前往庙宇的路上，在该村大场戏台下遇到一位老人，他自豪地说：“我们原是北京纻丝巷人。”可见岁月的冲刷，已将记忆深处的遗留销蚀殆尽，“南京纻丝巷”成了“北京纻丝巷”，一字之差，南辕北辙。

“牌路下阿婆”，在我的印象中应是一个慈祥的老婆婆形象，但进入庙中，固有的印象彻底被颠覆了。在小庙不大的正殿中，供奉的却是一位美丽少妇的塑像，如果不是在庙中，你无法想象她会是一位威严的神祇。庙的东侧是土地爷和土地奶的神位，前边是钟楼，巍峨华丽，蓝天白云苍松相映成趣。走出小庙，门前的空地上，坐着几位老人，面对我们几个陌生人，沉默寡言，仿佛诉说着无尽的乡愁，一幅生动的乡村记忆图，横呈在我们的面前。

牌路下村往上几里，便是有名的“大石头滩”，“一滩石头大如斗，风吹满地石头走”。大石滩乱石横卧，房大的石头，似乎从天而降，突兀出现，分布于沟中的斜坡上蔚为壮观。

闫家寺在马旗沟的西沟垴中，过大石头滩，经洪家台子向西而行就到了闫家寺。如今闫家寺已荡然无存，留下的只是一个几十户人家的村庄，是王旗镇的一个自然村。

闫家寺村，坐落在沟垴的半山台地上，庄后的靠山高大雄伟，像温柔的母亲伸展双臂，将闫家寺紧搂在自己的怀抱之中。庄对面的阴山静静矗立，两条溪流从山上奔流而下，扑面而来，哺育着世代生活在这里的人们。从风水学上看这是“山环水绕、藏风聚气”之地，体现出藏传佛教在寺院选址上的高超之处，闫家寺民风淳厚，据村民说，他们以前都是闫家寺僧人的后代。他们的先辈基本是卓尼洮砚、藏巴哇一带的人，因为陪伴出家的亲人，而移居于此，世代定居。

史料记载，藏传佛教寺院闫家寺，在明清时期非常繁盛有名，是当时洮州藏传佛教五僧纲寺之一。

闫家寺，藏语称为“察多扎喜强巴南杰林”，意为“吉祥弥勒尊胜洲”。《安多政教史》称“是一座古寺”。据今人考证，该寺最早约建于元世祖忽必烈时期，即公元1260年之前，原属洮州五大萨迦寺之一。

闫家寺的创立，还有另一版本，《洮州厅志》（清光绪版）“番僧”条下记载了这样一个人物故事：“阿辅罕始不知何许人也，相传生于唐宋间，至明初生于洮州阎氏。少居土穴，趺坐冥心，言吉凶不少爽，人以为神。修茶度寺居之，因名为茶度佛云。辅罕多神术，有先知。迄今十九世有余。咸丰间过母家，至扁都族，与乡老谈前明事，历历如昨。尝言始生时，北山森林松柏如车轮，今已涤然如童阜耳。有断高崖者壁立千仞，乡人一诟谇，辄奔投之。辅罕于数里外撒粟咒诵，而崖下牧者咸以为天雨粟云。”按此，阿辅罕出生于明初，闫家寺应由察度佛阿辅罕创立于明初。

历史上闫家寺曾出过许多高僧大德，《安多政教史》载："出有随康巴的弟子察多曲结强三木、察多赤钦前一世的兄弟那兰陀布寺堪布楚丞达尔吉，以及他的侄子文布上密学院的堪布丹增嘉措等许多哲士。"

《安多政教史》的作者智观巴·贡却乎丹巴饶吉，于1834年三十三岁时，遍历甘青两地黄河流域的洮河、大夏河、湟水等地。他到闫家寺时，主持教务的是闫生江申藏阿旺根登，"直到现在的闫生江阿旺根登之间，昂甾层出不穷，执掌这座寺院"。

深山藏古寺，藏王名于世。策墨林第一任藏王察多阿旺楚成（1721—1791），就是闫家寺僧人。阿旺楚成是卓尼洮砚乡达勿村人，七岁出家察多寺，十六岁入卓尼禅定寺，二十三岁赴藏深造，入色拉寺麦扎仓。1750年获拉仁巴第一名格西学位，1762年奉乾隆皇帝谕诏，进京任雍和宫堪布，主持教务，乾隆皇帝赐其"堪布额尔德尼诺门汗"诰封。1777年，赴藏任摄政王，第二年又任甘丹寺第六十一任大法台兼第八世达赖喇嘛降白嘉措的经师。1791年在西藏色拉寺圆寂，享年七十一岁。

在一世藏王去世后的七十八年，闫家寺又出了一位著名的高僧——宋堪布。

1869年，今临潭县石门乡古旗河村一名男婴呱呱坠地。他便是民国时期享有盛誉的宋堪布。其幼年出家，游学于闫家寺，后赴西藏获拉仁巴格西学位。并任色拉寺堪布一职。返回故乡后，出任卓尼禅定寺、临潭侯家寺、闫家寺三寺总"压床"。还任天祝华藏寺、姜太寺、佑宁寺等几十座寺院的活佛，中国蒙藏护国禅师都督，甘肃省参议会议员等职。顾颉刚先生在1938年《西北考察日记》中记载："卓尼禅定寺宋堪布来城，访之于东街寓舍。堪布，汉人，宋姓，今年六十九，不甚识汉字而精研藏文，自皈依喇嘛教，游学西藏，归主阎家寺，频年到江、浙、平、津诸地考察。去年卓尼杨土司积庆被杀，禅定寺无主，以堪布德望高，迎为主持。兹以将回闫家寺作佛事经此，相见之下，渠亦知吾，因约做东道主焉。"

宋堪布不单是一位佛教高僧，而且还是一位关注时势、忧国忧民之士。他积极参与了1942年甘肃南部的饥民大起义。

宋堪布在内蒙古讲学和进行佛教活动时，收养了一位出生于阿拉善白旗十二支箭的男孩，幼年丧父的十二岁义孙达娃子，取名宋海林。宋海林通藏、蒙、汉三种语言文字，为人精明，有胆有识，享有很高威望。

1942年，宋堪布在闫家寺召集石门人窦巨川、谢家坪人何凤绍、达娃子等人开会，响应肋巴佛号召，约定春耕后起义，初步安排人事组织，计划东路起义农民另建司令部。

1943年4月初，肋巴佛攻占临潭县城——新城后，撤兵石门沟，亲自去占旗河村动员宋堪布参加起义，宋堪布因年高体衰，推荐义孙"达娃子"宋海林为肋巴佛的副司令，同时推荐侄孙宋海山为义军团长，侄子宋永康、梁尕娃、侯董毛分别为该团一、二、三营营长，率当地五百余人参加起义。

4月4日（农历二月三十日），临潭王旗乡王旗村人王子寿等数百人，在肋巴佛的促成下，在王旗庙集结，杀羊祭旗，宣布起义，义军定名为"仁义军"，翌日，"仁义军"在牌路下召开大会，任命宋堪布为临潭东路农民起义军司令兼第一师师长（实为宋海林代替）。

临卓义军在肋巴佛的统领下，欲向南攻打岷县，经闫家寺、马旗沟，到洮岷交界地冷地口时，突遭敌阻，在冷地口激战失利，东路义军得此消息，便心灰意冷，自行解散，各自返回了家园。义军首领亦隐姓埋名在岷县夹马沟一带教书行医。

肋巴佛在冷地口失利后，放弃攻打岷县计划，改变行军路线，将南进的队伍拉向北面的梨园、磨沟一带。在转移中，义军副司令"达娃子"宋海林失去踪影，从此没有下落。甘南农民大起义失败后宋堪布也于1947年去世，享年七十八岁。

闫家寺由于兵燹战乱，多次受劫，早在清初其颓势就已露出端倪，据康熙四十五年（1706）二月立《闫家寺铁碑·召集流散僧归家告示》载："闫家寺僧家因头目闫僧端竹派茶马苦累，以致寺僧流散，寺院倾颓，经召集归寺之后，免其所苦累着。"《洮州厅志》（清光绪版）“番族”条中提及闫家寺：“闫家寺僧正闫苏奴达节，居城东三十里。现今无力承袭，管境无处考察云。”

“文革”中，原先所建的宏伟的大经堂、药师殿、弥勒殿、度母殿等六七座汉式金瓦屋顶佛殿均被拆毁。民国二十六年（1937）五月，历史学家顾颉刚先生在临潭考察时，应闫家寺宋堪布邀请，考察了闫家寺，他在《西北考察日记》十四日的记述中提道：“观寺中匾额，列名之人有卢压床、阎僧正、徐罗汉、王高僧等，斯皆寺中喇嘛……”闫家寺村民七十多岁的卢广财老人说，闫家寺最后一位压床高僧姓卢，人称卢压床，也就是顾颉刚先生文中提到的“卢压床”。他家就是侍奉这位卢高僧的人家，他当时虽然年龄很小，但也为卢压床提过夜壶倒过夜壶。在“文革”风暴来临的前夜，这位卢高僧将他保存的经卷、法器等，抱到庄后山坡上的松林中付之一炬，并流着泪说根都没了，留着你也没用。这位七十多岁的老人在“文革”中也含冤而亡。

时近正午，我们在闫家寺村寻觅着无尽的故事，从而也勾起了我脑海中对闫家寺的一桩记忆。我们生产队有一位七十多岁的老人，叫闫扎什，闫家寺的还俗和尚，老两口无儿无女，是生产队的五保户。我们为挣工分，放学后为老两口拉过队里分的烧炕柴草。据说这位老人还有拳脚功夫，我们几个伙伴曾想拜他为师学习拳术，但都被他以不会为由拒绝，有一天他兴之所至，竟为我们在院中表演了倒立行走的功夫。年届古稀之人能有如此举动，实属不易。我们队长说，老人曾参加过饥民暴动，失败后就来到旧城。上世纪80年代初，生产队土地包产到户后，老两口被侄儿接回葱花坡老家。闫扎什在那里去世后，老伴又回到我们生产队，由于生计没有着落，信仰了伊斯兰教，在回族邻居的施舍供养下，走完了她的人生之路。1984年大学毕业参加工作后，我还见到过这位老人。

在闫家寺的寻访中，我们见到了《闫家寺查明常住地土》的残碑，开首就言“洮城之东有古刹焉，曰闫家寺，因守寺者命名耳”。碑为清光绪十七年（1891）六月所立。闫家寺村民反映，还有一块石碑，形体巨大，上面有蒙、藏、汉文的碑文，有一位老人甚至还说上面有回族文字。我们欣喜地赶到保存石碑的村民家中，但石碑却被砌成庭院台阶，从露出的部分看，石碑高大厚实，只有雕刻的边线隐隐可见，碑文我们却无缘一见。这位村民表示开春土消后，他一定要将石碑挖出妥善保护。但愿我们下次到闫家寺时，能一睹石碑的真容，或许它会揭示出闫家寺更多的故事。

在踏访中我们急切地想探究前述《闫家寺铁碑》的下落。史学家王树民在1938年考察临潭的《洮州日记》中载："另一碑为铁铸，制于康熙四十五年二月，内容为协镇陕西洮岷巩秦阶文等处地方前总府'招集流散僧家归寺告示'。"可惜该碑在1949年后的反封建运动中被人沉入寺院的井中，后来由于一个小和尚落亡于此井，而被填埋，从此该碑就永埋于地下了。

闫家寺人再也无法恢复闫家寺昔日的盛况。气势恢宏的寺院建筑，只能留在闫家寺人的口碑相传中，正是这一无法抹去的记忆，让闫家寺人保留了一点念想，改革开放后，闫家寺人在原来寺院的旧址修了三间小瓦房的佛堂，将他们心中的佛供奉其间，供他们膜拜。

今天适逢闫家寺民主选举村委会主任。全庄老少都集中在小佛堂前，行使自己的权利。

一天的踏访结束了，我们走出闫家寺，面对空旷的山野，感慨万千，历史连一点陈迹都无法留存，只有与之遥遥相对的葱花儿坡，默默地守望着消失在历史烟尘中的闫家寺。

东明山的记忆

欲借东明上青天，
尽是绿树笼云烟。
碧越深处寻旧路，
逸然亭内倚栏杆。
——白岩

刘梦得云：“山不在高，有仙则名；水不在深，有龙则灵。”东明山不高也无仙，水不深也无龙，然而它在当地人的心目中绝对是一座圣山。

东明山在临潭县城的东面，清澈而细长的关河和大庙河在它脚下悄无声息地汇合，流淌，经年不息。每天，晨曦微露，第一抹阳光就是从东明山慢慢升起，一点一点洒向县城的。

当然，东明山是文献中的叫法，当地人普遍称它为“拾儿山”或“拾叶儿山”。这都源于当地的藏族方言，其意是“儿女山”。联想到东明山娘娘庙中的送子娘娘和络绎不绝的求儿求女者，藏语的称谓似乎更为贴切。

东明山不雄伟险奇，在城周围不高的诸山中，至多能算是一座中等的山。有人统计过，约有六百级台阶就可上到山顶。但在民间它就是一座神山，是儒释道文化共存的山。

沿着崎岖的小道拾级而上，到东明山顶便是新修的魁星阁，临潭汉民和其他地方的汉民一样，注重对魁星的崇拜。

魁星原为中国古代天文学中二十八星宿之一的“奎星”的俗称，指北斗七星的前四星，即天枢、天璇、天玑、天权，此四星合称“魁星”也称“天魁”。后来道教尊其为主宰文运的神，作为文昌帝君的侍神，盛行于宋代。魁星塑像全中国都基本一致，青面赤发环眼，头生两角，右手握一管大笔，左手持一墨斗，右脚金鸡独立，踩海中之鳌，意为独占鳌头。

而民间则传说，古代有一读书人，聪慧过人，才高八斗，过目成诵，出口成章；但因相貌奇丑，脸麻腿瘸，所以屡试不中。后来一考中第，在殿试中皇帝问他脸麻腿瘸之故，他说“麻面映天象捧择星斗，脚跳龙门独占鳌头”。因此他殿试成功，金榜题名，死后成为文曲星，主管人间文事。

民间另一传说，这个读书人在殿试中，由于皇帝恶其相貌丑恶，而殿试未中，他怒而折笔摔斗，以墨抹面，以示抗议，后抑郁而死。玉帝怜其才情，封其为文曲星，主管人间文事。因此其塑像是青面赤发环眼，民间就有了“一半鬼，一半斗，任你文章高八斗，就怕朱笔不点头”的说法。每年高考前后，朝拜魁星的莘莘学子和家长会纷至沓来，上香许愿求祈高考金榜题名。

东明山巅的魁星阁有前后两处，都是八卦楼阁式建筑，飞檐翘角，拱斗落彩。前处修建于上世纪90年代，低矮简陋，陈旧不堪，现已废弃不用。另一处是近年修建的，高大挺拔，美轮美奂，新塑的魁星塑像色彩艳丽，2014年农历六月十九日由藏传佛教高僧点睛开光。2013年1月的清晨，笔者在老魁星阁偶逢祭祀魁星盛况，老爷先生齐集东明山顶，旧城杨老爷主持祭祀仪式。祭文祈曰：“祝千家万户，代代书香，佑读书学子金榜题名……”贡品满桌，礼仪隆重。魁星阁置于东明山顶，高居菩萨殿和娘娘庙之上，正是反映了渗透在中国人观念中的儒家“万般皆下品，唯有读书高”的精神意识。

从山顶往下就是东明山庙，又称菩萨殿，坐落在魁星阁脚下。东明山庙历史悠久，几经战乱，屡遭焚毁。最近的一次是在1954年，马良股匪叛乱平息之后和镇压反革命开始之初。是年正月十五傍晚，旧城一年一度的万人扯绳（拔河）赛结束，人们纷纷登上东明山，开始了元宵之夜的“花儿会”。当时在旧城驻扎着解放军的一个连，是由原国民党地方自卫队和土匪武装改编后组建的，连长被旧城人称为傻连长。其不明地方民情，把赴“花儿会”的人误判为土匪上山了，故而从旧城南门城头向东明山庙开炮射击，四发炮弹落在庙外的山坡上，没有造成人员伤亡，但又误抓误捕了很多游山的无辜汉回群众，送往河西劳改，许多人从此踏上了不归之路。此后不久反封建运动开始，东明山庙亦被拆毁，从我记事起，东明山庙就是残垣断壁的一处废墟，只有面对县城的大坡上，用石子镶嵌的一个大大的“忠”字，与对面西凤山坡上大大的“用”字遥遥相对。

1985年初春，旧城的汉民群众自发上山，清理废墟，重新建庙。那时山上的群众人山人海。笔者时任城关镇文书，县政府主管民族宗教的副县长打来电话，要求镇党委书记带人上山制止。这让在基层工作多年、谙熟民族宗教政策的老书记着实犯了难，初涉人事的我便为老书记出起了主意：“今天不能上山，群众会把你们从山上扔下来。你不如回家，县上来人或来电话由我应付，就说你已带人上山制止。”书记回了家，县上也未再追查，此事亦不了了之。记得台湾诗人余光中诗云：“想起菩萨来中土，空净之中，常含着一涟笑意，眼神与唇态像难以捉摸（佛曰不可说）的倒影，偶尔历史也会眨一眨眼睛，难说究竟是有意或无心。”历史的偶尔让人刻骨铭心，上世纪八九十年代，端午节龙神赛会十八龙神进新城，县上都要召开会议，派人下去阻止龙神白天进城，只准晚上入庙。与现时相对照，真是冰火两重天。“但隔着时光如伊水迢迢，伊水不回头而青山长在，功过且归历史，名胜等待远客，象教自能推佛法，色空何曾空。”（余光中诗）

现在的东明山庙，是2012年重建的。上世纪80年代中期修建的东明山庙只是简易的三间瓦房。如今一座雄伟的金碧辉煌的庙宇屹立在东明山，“古刹映千山，有水皆流秋夜月；庙堂高万仞，无山不带夕阳云”。东明山庙是典型的释道结合的庙，二楼供奉的是佛教三大菩萨，一楼供奉的是包括送子娘娘在内的道教十位娘娘。每年农历六月十九日由佛僧和道士轮流念经祭奠，共享人间烟火。

东明山滴水崖掩映在绿树丛林之后，从菩萨殿向东沿阶而下，几经迂回，曲径通幽，便到鸟鸣径幽、花香泉清的滴水崖下。滴水崖是砂砾岩的山崖，上有两个岩洞，崖底有两三处泉洞，泉水从洞顶滴下，滴水洞泉经年不断，旱涝无变，泉水清冽甘甜，是泡茶品茗的上品。当地民间信仰认为它是滴水观音或滴水娘娘显灵的地方。

滴水崖东侧是当地宁姓家族的家庙，这一地方也称黑虎殿，庙殿正壁上绘有一只硕大的黑虎，其为财神赵公明元帅的坐骑，也是宁姓家族的家神。

滴水崖处在东明山正南的山塆中，此塆是在滴水泉的作用下由滑坡而形成的，据光绪三十三年（1907）编纂的《洮州厅志》“灾异”载：

> 光绪元年七月九洮东明山崩；
> 光绪二十五年旧洮东明山崩。

东明山滴水崖上方的岩洞，据李英俊先生《临潭简史》载，是魏晋南北朝时期佛教盛行时开凿的洞窟，“佛教石窟艺术的发展，对后来洮州地区有很大的影响，王清村的天鼓洞、冶力关的三星洞、旧城的石儿山洞，以及各种寺院的兴建，都是受这种影响的结果。”

从滴水崖下侧的逸然亭，沿一条羊场小径西行，就到了东明山的山门，从高大的山门处可俯瞰县城的全貌，对面的西凤山，犹如一只振羽待飞的凤凰飞临东明山顶，去迎接冉冉升起的旭日。山门四柱的对联云：

> 山占东明云绕密林藏古庙
> 地胜西凤风吹青松响回廊
>
> 五里城郭来眼底
> 千年文明泛心头

对联的撰写者是自号“东明山翁”的杨祖震老先生，杨老先生出身书香门第，现已年届八十，上世纪60年代初毕业于西北师大历史系，一直从事教育教学工作，曾任卓尼一中校长，1999年退休，服务于洮州农民文化宫，2014年东明书院成立任书院院长。杨先生自退休始，黎明即起，登临东明，十六年风雨无阻，未曾一日中断。虽是古稀老人，上山身态轻盈，下山一路小跑，健步如飞。先生耿直倔强，淡泊清明，擅楹联，谙书法。二十年来洮州农民文化宫和东明山节庆的对联都由他编撰和书写。2014年先生自费刊印了《洮州农民文化宫二十年楹联纪实》。先生的对联脱去了一般寺庙对联的神秘和陈腐之气，贴近现实，清新励志，他的魁星阁联：

有志书生不怕龙门高万丈
多学才子何悲凤楼几千里

云路天梯无垠，学活苦存乐
霞光朝日有限，人生短缺长

他的对联意境高远，见解深刻，情真意切，不乏联中精品，正如他春节自书门联：

门含春色，墨生艳丽
笔吐真情，联出新意

东明山激发了先生的才情，先生为东明山注入了文化的基因，善莫大焉。东明山清新秀丽，白岩先生一首绝句道明了东明山的魅力：

落霞岑上看烟云，
滴翠岩下听鸣泉。
春意盎然三分醉，
东城南陌半日闲。

情思东明山

东明山又称东鸣山，古诗云："东鸣古庙送日暮，西风碧松迎月圆。"东明山在县城之东，与之相对峙的是西凤山，小城的山虽不高却有着"凤凰鸣矣，于彼高岗，梧桐生矣，于彼朝阳"的风韵。相传很久很久以前五谷丰登，国泰民安，栖息于西凤山的凤凰，每当晨曦，绚丽的彩霞披满天际时，就飞到东明山上，用它美妙的歌喉，迎接喷薄欲出的太阳。东明山就由此而得名。美丽的传说也使小城的山，披上了一层神秘的色彩。

在"东鸣晨钟催晓眠，朝阳初升含半山"的清晨，站在东明山前，半山腰上，隐隐约约、时断时续的小路，宛如一根绸带，柔软得要飘起来一般，仿佛抓住了这一头，就可扯起东明山无限的情思。这条路从山底一直向山顶延伸，时而陡峭，时而蜿蜒，又不乏曲径通幽之妙。

登上东明山巅，以"北望青岭霜凝皎，南眺洮水露珠寒"；极目四野，小城风光尽收眼底；高原群峰，层峦叠嶂，云雾薄纱，叠山横雪。"寒光晴射日，老气远横秋"；大石门"两山巍巍相对峙，一水中流石门开"，阵阵松涛从中透出；遥天极处，青山劲松辉映。此时的东明山啊！好像长高了许多。宽阔的山坡栽上了许多的杨树，生命在这里落地生了根。头年栽的成活了，长高了。今年栽的也成活了，长高了。时值六月，绿色烟云缥缈，油光闪亮的杨树枝条，好像有意炫耀自己独特的风采。随风飘动的树枝婆娑起舞，任和煦的暖风轻拂，低吟西北高原特有的神韵乐符，《白杨礼赞》的每一个字句，化作了生命的因子，飞扬在东明山巅，充满了宇宙乾坤。此时此刻，我犹如置身于江南清新高雅的竹林，甚至比江南竹林更富神韵，更具迷人的色彩。各种鸟雀汇聚于此，竞放歌喉，恰似一幅有声有色的百鸟朝凤图。我依稀沉浸在美妙的凤鸟和鸣声中。

那树林称为“青年绿化工程”，是县城机关和中小学的团员青年、少年儿童，响应团县委的号召，为美化县城环境，决心把一个绿色的林带披到光秃秃的东明山上，用辛勤的汗水，将他们的理想和追求精心地栽植到东明山的泥土里。泥土没有愧对他们，将这一片山坡养育成了青翠欲滴的绿杨林。

我作为青年的一员也参加了营造青年绿化工程的活动，活蹦乱跳的青年们操锹抡镢，挥汗大干，少年儿童们从山下桶抬盆端，为新栽植的树木浇上了清凉的泉水，孩子们一张张通红的小脸，像一个个小太阳，闪耀在东鸣山上。那高高飘扬的团旗，此起彼伏的欢歌笑语，就连庙里的神像都被感染了，半睁开眼睛，微露出甜甜的笑容。

此时映入眼帘的树林，绿色摇曳，我禁不住在被绿尽染的东鸣山上徘徊，身上洒满了绿，心里装满了绿，我又好像泛舟于绿色的海洋。绿，生命的原色，勾起了我五彩的憧憬。

东明山高大的身躯下，是一个不算太小的镇子，它的居民大半是六百年前从江南随军迁来的功臣之后，在历史的长河中，小镇作为藏汉茶马古市的贸易重地，而名噪一时。然而她更多的是充满了忧伤。她流过血，淌过泪，受过蹂躏和屈辱，她的儿女曾饱经过辛酸和忧患，一位故人曾因她的辛酸历史而奋笔疾书。

我曾在历史的纪念日，
探望了一个时代留下的废墟。
在那中国西北的一个角落，
隐伏的一座古老城池，可能，
时间的长河冲洗了人们对她遭遇的记忆，

但这历史遗留的陈迹，
却未能在岁月的流逝中隐匿，
我曾在这陈迹上，
目睹了血雨的残痕，
嗅闻了腥风的余味……
于是我回来了，
带着历史的尘埃，
满怀着惆怅和悲伤。

小镇从她作为母亲的那天起，就以博大的胸怀和甘美的乳汁把她的儿女哺育。多少个世纪过去了，她未曾施过粉黛，着过锦装，如今却在儿女们的辛勤努力下，一天比一天更加年轻。

此时，在丽日的照耀下，她显得那样慈祥安宁，那么温柔壮美，那么崇高俊逸。凝目望去，镇里也是一片翠绿，葱翠笼罩中的一排排房舍错落有致，街道上一幢幢新楼掩映在白杨后面，在浓郁中竞相比高。宽阔的街道上，一群群穿红着绿的男女老少，一辆辆汽车上下穿行，车水马龙，纵横交错，奏出一部宏大的生活交响曲。镇南边的河滩里也是绿的，成排成行的白杨树好像挣脱了羁绊冲天而上，郁郁葱葱，浓绿成片的柳树丛与那清澈的河水相映衬，相对称，相比美。像一幅不着浓彩艳色胜似浓彩艳色的天然锦绣图画。这是自然美，这纯真的自然美曾牵动多少儿女的情怀。

这时护林的老人走了过来，打断了我的思绪和遐想。老人鹤发童颜，银髯随风飘扬，他神色庄重而又神秘地告诉我，在睡梦中，他听到了凤鸣朝阳的声音。

是啊！凤该东鸣了，我欲返回时，太阳已经西斜，橘黄色的晚照，给东明山下的村镇披上一层迷离的色彩，远远望去像幻觉中的海市蜃楼，又像童话中的东瀛宝岛。其实啊，梦中的一切并不都是虚幻，你看暮霭中的西凤山，在未退尽的晚霞映照下，层林被浸染成橘黄色，那不正是一只焕发青春、梳修美羽的凤凰吗！明天，她将腾飞无垠天际，落至东明山巅，为这小镇在欢唱声中迎来一颗崭新的太阳，我的耳边仿佛响起了《凤凰更生歌》：“死了的光明更生了……死了的宇宙更生了……死了的凤凰更生了……我们更生了！一切的一切更生了！……翱翔翱翔欢唱欢唱”（郭沫若《凤凰涅槃》）。

术布大陵谁之陵

——历史与推想

临潭县术布乡术布村，位于临潭县城西的洮河北岸，距县城约十公里，这里风光优美，山清水秀，森林茂密。

术布是以其藏语名“术布唐尕”取其前两字而得名。“术布唐尕”在当地藏语中为“河流平川”之意。川流不息的洮河滋润着宽阔的术布平川，养育了两岸的藏汉人民。在术布村对面的洮河南岸，有两个相连的村庄，卓洛、波勺，两村分属卓尼、临潭。卓洛藏语为“牧点”，“波勺”藏语为宝山下的村庄。

卓洛村与波勺中间有一不高的岭脊相隔，岭脊从南向北延伸到洮河边。岭脊连接的尽头有一独立的小山丘，矗立在两村的北端，当地人称“术布大林”，其上由茂密的白桦林覆盖，很多人以为其上有林就应称之为大林。其实它的真实名称应称为“术布大陵”。

之所以是个陵墓，其一是上世纪80年代，其西侧村民修建房屋、平整地基时挖出了一具尸骨，身穿铜制铠甲，皮绳串连，很显然是一个战死的士兵；其二，据知情者透露，上世纪80年代，秦安的盗墓者曾光顾此地，踏勘后认为此坟是一座大墓，墓内陪葬品可装一汽车，其量巨大，但迫于地形，加之其在路边，又有居民围居四周，易于暴露，盗墓行动故才作罢。

而且此墓是一座汉墓。之所以是汉墓，是因为2010年一位老人的到来。薛仰敬，兰州市博物馆考古挖掘队队长，退休后到临潭推销他编写的《兰州市碑刻铭文》一书，顺便考察当地的文物古迹。他到县志办谈了他的想法后，由笔者和同事牛玉安、敏建新陪同考察了羊巴古城，随后到卓洛、波勺庄头的术布大陵考察。在羊巴古城考察时，他以山顶的砖瓦为例，进行了专业分析，认为此城不仅仅是唐代的临洮郡治，而且从遗留的砖瓦看，其历史还应往前推到汉晋时期。在术布大陵考察时，他从土层中寻找到一块红陶片，认为大陵的土层是翻上来的，所以史前时期的陶片也被翻出地面。他在踏勘大陵地形后自信地说："我曾经挖掘过一百多座汉墓，而如此巨大的形制还是第一次见，其状超过秦始皇墓。"他甚至给我们指出墓道的方位，墓主人停放的方向。虽然这不是专门的考古行为，但我们坚信这位专业人士的判断。

那么这座规模巨大的汉陵其墓主人是谁？这已成为千古之谜。洮州虽在中国腹地，但地处偏僻，历代都远离中原王朝，历史记载极为匮乏。而如此规模之陵墓，其主人在汉一代绝非平庸之辈。浩瀚历史的资料中必有蛛丝马迹可寻。

查《前后汉书》《三国志》《资治通鉴》的记载，汉魏时期在洮河流域活动最多，记录最清楚的有五人，蜀国姜维、夏侯霸，魏国邓艾、钟会、郭淮。但姜维、邓艾、钟会、郭淮的死地都有明确的记载，葬地都不在洮河流域，只有夏侯霸的结局成了千古之谜。

夏侯霸，生卒年不详，字仲权，沛国谯（今安徽亳州）人，三国时期魏国和蜀汉后期的重要将领，征西将军夏侯渊次子，其母为曹操妻室丁氏的妹妹。在魏国官至右将军、讨蜀护军，封爵博昌亭侯，屯驻陇西；在蜀汉时为主要北伐将领，多次参加伐魏战争。

嘉平元年（249），司马懿发动政变，诛杀曹爽。征西将军夏侯玄被调入朝，由雍州刺史郭淮接任征西将军。夏侯玄是夏侯霸的堂侄、曹爽的表弟。夏侯霸从前得到曹爽的厚待，与郭淮不和。曹爽被司马懿杀死后，他心中不安，投奔蜀汉，被任命为车骑将军，公元255年，姜维与夏侯霸、征西大将军张翼等三路伐魏，破魏雍州刺史王经于洮西，斩首数万。这是正史对夏侯霸的最后一次记载，死于何时、葬于何处都不可知。

无独有偶，蔡东藩先生在其《后汉演义》中记述了蜀汉姜维的最后一次北伐，“至景耀五年，维又欲伐魏，车骑将军廖化劝阻不从”，廖化认为姜维智不优，力不足，用兵不厌。“果然维进攻洮阳，前锋夏侯霸中箭身亡，维与邓艾交战侯和城下，又复得失利，只得退还”。

蔡东藩先生（1877—1945）是著名历史学家，他的《中国历朝通俗演义》堪称历史演义之最，被誉为“一代史家，千秋神笔”。他的《中国历朝通俗演义》“主本信史、旁征野史、取材审慎、观点平实、内容丰富、叙述有法、用语雅洁、自评自注、理趣兼备、洵为通俗史著的经典”。蔡东藩先生的著作，极具故事性、趣味性之外，还极其重视史料的真实性，那么他关于夏侯霸的死亡记述，虽未注明出处，但也绝非空穴来风，自有其历史的合理性。罗贯中的《三国演义》则形象地还原了历史场景：

> 却说姜维令夏侯霸为前部，先引一军径取洮阳，霸提兵前进，将进洮阳，望见城上并无一杆旌旗，四门大开，霸心下疑惑，未敢入城，回顾诸将曰：“莫非诈乎？”诸将曰：“眼见得是空城，只有些小百姓，听知大将军兵到，尽弃城而走了。”霸未信，自纵马于城南视之，只见城后老小无数，皆望西北而逃。霸大喜曰：“果空城也。”遂当先杀入，余众随后而进。方到瓮城边，忽然一声炮响，城上鼓角齐鸣，旌旗遍竖，拽起吊桥，霸大惊曰：“吾中计矣！”慌欲退时，城上矢石如雨，可怜夏侯霸同五百军，皆死于城下。后人有诗叹曰：
>
> 大胆姜维妙算长，
> 谁知邓艾安提防。
> 可怜投汉夏侯霸，
> 顷刻城边箭下亡。
>
> 维闻夏侯霸射死，嗟伤不已。是夜二更，邓艾向侯和城内，暗引一军潜地杀入蜀寨，蜀兵大乱，姜维禁止不住。

洮阳城，是甘肃历史上的一座名城，自东汉至唐代频频出现于史册。洮阳城在不同的历史时期，地域位置有所不同，它应是一个动态的历史地理概念。

在洮州地区被称为洮阳城的共有三处，一是今古战乡古战村北的牛头城，按史料推测，从汉建初（公元前78年）至公元480年的洮阳城应是此城。其城平山斩沟，临河布垒，依山势而筑成，城垣自西至东南方向而筑，呈近似锥体之不规则四边形，其形恰似牛头，故有此称。

二是羊巴古城，坐落于卓尼县西北的喀尔钦乡羊巴村。郦道元《水经注》：“洮水又东北流，径洮阳曾城北。”在南北朝时期该城已具规模。公元561年，后周置洮阳郡及汎潭县。隋唐时为临洮郡。其城在海拔二百八十米处，跨岗连山，凭河临险。

三是今临潭县城驻地旧城。永明九年，即太和十五年（491）“魏主召吐谷浑王伏连畴入朝，伏连畴辞疾不至，辄修洮阳、泥和二城，置戎兵焉”。此郡指旧城。

从姜维、夏侯霸和邓艾洮阳之战的历史看，其最有可能发生在称为牛头城的洮阳戍城，其次是羊巴古城。牛头城南距洮河十里，羊巴古城濒临洮水，西距“术布大陵”也近十里。而旧城南距洮河十里，距“术布大陵”十五里，所以无论这次战役发生在哪一个洮阳城，将死伤将士埋于今“术布大陵”都是合情合理之事。

从历史资料看，夏侯霸被射死的当晚，邓艾就偷袭了驻扎在侯和城（即今临潭新城）的姜维，姜维战败，回沓中屯军。姜维无机会为夏侯霸收尸并筑坟埋葬。而邓艾和夏侯霸虽为敌对双方，但在夏侯霸投蜀前，他们又同为汉室旧臣，同朝效命于曹魏，同为司马氏政权的受害者，他们有同僚之谊。那么无论是姜维还是邓艾都不可能将夏侯霸的尸体，翻山越岭运回远隔千里的蜀都成都或魏郡长安，因为这都很不现实。

那么最有可能的是，邓艾把夏侯霸的尸体收殓，并与阵亡的将士一起埋葬在距洮阳城十多里的“术布大陵”之中。在山高皇帝远的洮河边，为了厚葬这位对手与同僚，邓艾突破礼制，为其以山为陵修建了一个巨大的陵墓。

当然以上均为推测，要追溯历史的真相，还有待于后人的考证。或许术布大陵考古挖掘之时，就是夏侯霸与洮阳之战的千古谜案昭然于天下之时。

临潭城关寺稞宋金古墓发现记

2007年4月10日，有人对我说在寺稞发现了一座古墓，墓室是由砖雕筑成的。我便第一时间将情况通报给时任县文化馆赵大庆馆长。随后他将情况上报给县文化体育旅游局。文体旅游局派副局长牛彩玉、文化馆馆长赵大庆及负责文物考古工作的人员奔赴现场核查。

当我们怀着激动的心情进入现场时，发现墓内文物荡然无存，就连墓主的尸骨也不知去向。由于墓室是在当地居民取土时被挖到的，没有从墓道进去，而是墓顶被揭开。最初发现古墓的人为了搪塞，便随便给了一些牛羊杂骨装在塑料编织袋内放在墓室的一角。据墓地附近的居民反映，该墓在半年前就已被挖掘，最初有人曾邀请当地古董商人进入墓中，但他们都属商贩，不具备文物考古的专业知识，只是泛泛一览，未能得出专业的考古结论。

我们一行四人对古墓进行拍照，取得第一手资料后，由文体旅游局向县委县政府分管领导作了专题汇报。随后县政府派专人对古墓进行看护，并逐级向省州文物部门作了汇报，等待专家的进一步考古鉴定。

古墓位于临潭县城关镇古城村境内端。寺稞是临潭城关由北向南延伸的一条岭脊，北连县城东大墩山，向南延伸到青崖大庙河，全长一公里多。岭均高五十米左右，它像一条巨龙由北向南纵贯而下，北端即今暖气站以上，称为寺稞；中端即今慈云寺以上，称为关上；南端从慈云寺以下至尽头，称老庙上。此处为旧城五国都大龙王大庙的原址，后庙搬迁至城内现址（即洮州农民文化宫）。现人们依然称此地为老庙上，流经此地的河称为大庙河。

寺稞一名据《洮州厅志·古迹》记载：寺稞，相传吐谷浑寺院遗址，至今耕者常得古砖瓦。古墓坐落在这条岭脊中端，寺稞位置的底部。距岭脊顶端约三十米深。古墓所处岭脊从顶到底可分为三层，顶层为耕地，并有部分汉族墓地，这些坟墓大致都是民国后期至今陆续埋葬人而形成的。在这些坟墓之下则是清代的墓地，从坍塌的崖边可窥视到腐朽的棺椁，底部还铺有防潮的木炭，棺木中亡者的长辫依稀可见，在这些清代墓地之下就隐藏着这座古墓。

2007年4月12日，省州文物部门的专家到达临潭。主要有甘肃省文物鉴定委员会的专家郎树德、刘志华、王琦，甘南藏族自治州文化局局长云丹龙珠，甘南州博物馆文物考古员王军，等。其中郎树德为省文物局著名专家，主持挖掘了甘肃省甘谷县大地湾古人类文化遗址。

随着省州专家的到来，我们便再次和专家一起进入古墓。墓室为仿木八卦亭而建，飞檐翘角，雕梁画栋，墓室平面呈长方形，长二点五米，宽二点二米，墓顶三分之二已被破坏。墓道未被挖开，我们是从墓顶沿梯而下进入墓室的。墓室坐北朝南，南北向正，墓门坐东稍向西南，正对大坡山，视野开阔。四壁上部为仿歇山式结构，东西南北门均由砖雕的汲水图、仕女图、闭门图、哭丧图、推磨图、舂米图、骏马图等组成。

据专家介绍，这是宋金时期的古墓，墓主人为一位贵妇，由于墓志铭丢失或未被发现，墓主人的身份无法确定。其中哭丧图中的人物，为穿着北方少数民族服饰，梳着少数民族碎辫的妇女；舂米图展现了中国南方的劳作方式，而推磨图中的双人推磨则是北方地区普遍使用的生活工具。这种双人推磨至今还在临潭地区延续使用着。墓室的东面为一壁龛，是放置祭品的地方，西边是墓门，门内侧北雕刻着一匹拴在桩上的战马，马健壮肥硕，扬蹄欲奔，这是宋金墓葬的标志性特征。墓室北壁是儿童倚门图，迄今发现的宋金古墓中，基本都是妇女倚门图，即一个成年妇女在半开的门中倚门南眺，而在这座墓中，则是在半开的大门缝隙中，一个儿童倚门南眺，仿佛与自己的母亲依依惜别。南墙壁则是闭门图，大门紧闭，昭示坤门紧闭，与北墙壁的乾门洞开形成鲜明对照。四壁上中下边沿均由回字形纹和莲花装饰。

临潭自唐末至宋熙宁王韶收复熙河路洮岷之前，一直被吐蕃占领。但寺稞宋金古墓的发现却印证了金代诗人董师中《自临洮还》一诗中所描写的情景：

> 临潭仍是汉家城，积石相望十驿程。
> 西略河源东并海，此身何地不经行。

临潭依然是以汉为主，是汉番贸易的交通中枢。

由于该墓是被盗后才被发现的，墓内大部分文物已流向市场。临潭县公安局接到当地群众报案后，已追回二级文物一件，三级文物三件，一般文物两件。

附：关于临潭县城关镇宋金时期砖室墓的评估意见

2007年4月12日上午，我们奉省文物局指示及甘南州文化局之邀，实地察看了临潭县城关镇古城三社寺稞苏永平承包地宋金时期砖室墓盗掘现场。这是一座较为重要的具有历史、科学、艺术价值的古墓，但是遭到了严重的不可弥补的破坏。墓室大顶被揭开，随葬器物洗劫一空，彩绘砖雕被部分破坏。墓室现存部分具有保护价值，这是甘南地区迄今为止发现的宋金时期最具特色的墓葬。尤为可贵的是，在州县两级党委和政府的重视下，及时制止了盗墓的非法活动，并追回了二级文物1件，三级文物3件，一般文物2件。

甘肃省文物鉴定委员会
签名：郎树德
刘志华
王　琦
2007年4月12日

文物鉴定意见

名称	时代	件数	级别	现状
定窑印花芦雁水草纹白瓷碗	宋金时期	壹件	贰级	完整
定窑印花芦雁水草纹白瓷碗	宋金时期	壹件	叁级	口沿破粘
黑釉盘	宋金时期	壹件	叁级	完整
黑釉盘	宋金时期	壹件	叁级	完整
黑釉盘	宋金时期	壹件	一般文物	破粘
黑釉碗	宋金时期	壹件	一般文物	破粘

共计陆件
鉴定人：刘志华、王琦、郎树德
二〇〇七年四月十二日

省州文物考古专家对城关寺稞古墓进行考古鉴定后，县委、县政府决定对该古墓进行回填式封闭保护，待条件成熟再行移迁，向社会开放。我们期待着这座古墓重见天日，使之具有的历史、科学、艺术价值再一次展现在世人的面前。

洮商踵迹

临潭县在历史上靠近内地，与中原王朝及羌人、吐谷浑、吐蕃政权相毗连，属汉区、汉藏杂居、汉回杂居区与纯藏区的过渡地段。农业、牧业、林业兼而有之。加之古丝绸之路的畅通、处于“唐蕃古道”要冲，是四大茶马司之一。尤其是“洮阳古道”开通后，带动商业贸易、物资交流和市场的形成，使临潭县逐步发展成为陇右商品集散地和汉藏贸易的枢纽。

洮州历史上的“茶马互市”始于唐，兴于宋，衰于金元。然后又在明初兴起，明中叶至清中期达到高峰，到清中期后衰落。这种商业活动与其说是一种特殊的地方经济的贸易方式，还不如说是一种政治、经济上的“贡”与“赐”的活动，不是严格意义上的洮商贸易活动。洮商是明后期孕育，清代发展，民国时期壮大，1978年中共十一届三中全会后空前繁盛。

洮商，广义是指近代以来从事商业活动的临潭各族商人；狭义是指活跃在青、川、藏、滇、新等省区，以回族为主的临潭各族商业经营者。

明清时期的洮商

公元1368年明王朝建国后，认为用茶易马，可以巩固国防。故沿袭宋制，“茶马互市”制度得以恢复而趋完善、严密。洪武四年（1371）

始于秦州开设茶司，收四川巴茶，易买西宁、洮岷等处番马。后又置西宁、河州、洮州、甘州四茶马司。后又置洮州军民千户所。洪武十二年（1379）洮州十八族番酋三付使叛，占据纳麟七站之地，明王朝派沐英征讨。沐英在平叛的同时修筑了洮州新城，置洮州卫于此。由于朱元璋对“洮州西控蕃戎，东蔽湟陇”的特殊地理位置的重视，命征西将军沐英留下所部部分将士在洮州屯戍。洪武二十六年（1393）明太祖朱元璋以颁降金牌信符方式，从西宁、河州、洮州、甘州四茶马司纳马一万三千八百匹，洮州派购马三千五百匹。明弘治三年（1490），屯田戍边的汉回军民屯户，效法南京百姓在军营赶集的做法，在洮州城（今新城）南门外开辟了十日一大营、五日一小营的赶集活动，交换农牧产品和生活用品，后来活动日益扩大，招引四方商旅前来洮州贸易。

在茶马互市的带动下，临潭工商业贸易开始兴起。明成祖永乐十三年（1415），成祖下谕洮州卫都指挥使李达：“今天下太平，四海一家，各处商旅往来者，听从其便。今陇答卫番人，来洮买卖交易，亦听其便，彼此并不许生事。”当时洮州卫已成为汉回藏各族的贸易中心。明孝宗弘治三年，明王朝开放了茶马交易市场，允许商人贩卖茶马，使洮州回汉商人从茶马交易中得益不少。其时的临潭旧城据《洮州厅志》记载：“旧洮堡为洮州旧地，较新城为繁富，其俗重商善贾，汉回杂处，番夷往来，五方人民贸易者络绎不绝。土著以回人为多，无人不商，亦无人不农。”从明代中期兴起的洮商，在长期的历史发展中，形成的这种农商并重的经济特点保留至今。

清初茶马互市，多沿袭明代旧制，并对私贩茶马巡察甚严，茶入藏区关口，均有驻军巡守和沿途官司盘验。私茶过境，送官从严治罪。若纵容私放，及私受馈送，增改官文，听巡安查究严办。乾隆、嘉庆两朝之后，政局较为稳定，用马极少，茶马互市之制失去意义，茶马司裁撤。茶马交易由官办转民间自由交易，藏汉贸易更为发展和繁荣。大批茶叶和内地出产的生活、生产资料如衣服、绸缎、布匹、烟、酒、铁器、瓷器等商品通过洮州运往藏区，藏区的各种土特产品通过洮州运往内地。随着“善商贾”的回族在洮州的增多和聚居，洮州逐渐发展成为甘肃西南部的重要商品集散地和汉藏贸易中心地之一。新城的“十日一大营，五日一小营”的农贸集市，将农村产品流入城市，城市商品，散入农村。“营”在城乡商品流通中起着中转作用。旧城作为内地与藏区的物资集散地，“期间积货通商，可称繁富者惟旧洮堡一处，其俗重商善贾，居积洮地精华聚于是焉”（《洮州厅志》）。回族商人将洮州驰名的洮马、洮砚、名贵药材以及皮毛销往内地，将内地的日用百货、布匹等运来洮州。新旧城出现了数十家商号。最早出现的商号当数“万盛西”和“德盛马”。万盛西后辈王佐卿先生在《万盛西的来龙去脉》中说：“城内商家有德盛马，经理马明德；义心公，经理敏步云；复盛通，经理敏步洲；万镒恒，经理曹斗南。城外有天兴隆是后起之秀，迟得很了。”后又出现了天顺成、永太和商号等，进行牲畜、皮毛、烟酒、铜铁器、日用杂货贸易，推进了社会经济的发展。据光绪三十二年（1906）统计，洮州厅年征商税银八万四千一百四十两。由此可推知临潭洮商与洮商贸易的繁荣。

民国时期的洮商

清末明初，由于皮毛交易的兴盛，临潭市场又一次繁盛起来，外地客商云集，本地商人也向外地及全国各大城市扩展。临潭出产的名贵药材麝香、鹿茸、洮马、皮货、木材吸引河南、陕西、四川、临洮、甘谷等地的商人流入，遂将丝绸、棉布、纸张、盐、粮食等商品运入临潭。民国初至民国十八年（1929）在临潭县设立商号的外省客商有京帮、陕帮、豫帮、鄂帮等商帮，外县商号数十家，本地商号数十家，共有资金银元二百三十余万元。中国著名历史学家顾颉刚先生在1937年《西北考察日记》中记载：“又论旧城商号，谓兰州、狄道两帮木客每年到此买木材十万元，加运费为二十万元，运至兰州便值五十万元；生皮毛走张家口，以其制皮之术工也；熟羊皮销四川。其他骡马走陕西，猪毛走汉口，羊肠走天津，麝香发河南，药材发陕西，牛售岷县、渭源一带。故旧城商务，东至陕西，更沿江而达津、沪，西赴青海，南抵川、康；北及内外蒙，当民国十七年未破坏前，其繁荣可想也。”

外地商号陕西的“万镒恒”“恒顺昌”经营百货业；河南的“杜盛兴”“复生荣”“永隆全”专门经营药材，收购鹿茸、牛黄、麝香、洮贝等名贵药材；其他的“皋记商行”“乾元商行”“强华商行”经营皮毛生意。1917年旧城成立了商会，据统计民国三十年（1941）旧城一地有商业资金银洋六十四万七千元，当地资本在三千元以上的商号四十七家。“万圣西”“义心公”“福顺通”“复有公”“永泰和”“天兴隆”“全盛敏”等商号经营日用百货，贩运牛马、名贵药材等，是当时临潭有名的商业大户，在川、青、藏、汉口等地设有分号商店。新城天城隆等十户商号有资金三万四千五百元，只占旧城商业资金的百分之三点八。此一时期还出现了面行、斗行、秤行、山货行管理市场，收取牙金（中介费）。客栈旅店有集成店、德泰店、义泰行、长胜店、福兴店等，以及名目繁多的饮食业如宏泰馆、元顺馆等。

坐商和行商

坐商，如上述的商号，设商行，开铺面旅店摆摊等，贸易网达西安、北京、张家口、汉口、成都、松藩、西宁、兰州、西康等二十个城市，从事商业物资的输入输出。据1941年统计全年输入布匹、粮食、面粉、日用百货三十九万余银元。1947年仅羊皮输出十五万二千多张，毛褐一千多匹，猪鬃、牛皮等贸易额达银洋三百余万元。以西道堂为例：民国十八年（1929）十五个坐商固定流动资金银洋达到二十多万元。截至1949年仅旧城铺面达六十一间，旅店两处。坐商天兴隆号分号遍及四川、青海、陕西、宁夏、甘肃、碌曲拉仁关，岷县、夏河建有贸易集散地。在成都、松藩、兰州、西安、张家口、北京、天津、上海、内蒙古设有商行。在汉口、江西、广州、河南、新疆、西藏等地有商业网点，经营皮张、鹿茸、麝香等物资交易。仅1930—1932年夏河网点与英商普伦洋行三次交易野牲皮张，收入白银达三万四千三百余两，银元一万五千三百九十元。

1949年前临潭新旧城著名商号一览表

商号名	地址	经营范围	规模（万银元）	经理名
万盛西	旧城	药材、绸缎、土布、皮毛		王佐卿
德盛马	旧城	药材、绸缎、土布、皮毛		马明德
天兴隆	旧城	药材、绸缎、土布、皮毛		马寿山
义心公	旧城	茶叶、木材、钱庄	10	敏步云
同春和	旧城	土布	5	刘同春
乾元	旧城	皮毛	5	肖子明
裕中	旧城	皮毛	3	张希孔
强华	旧城	皮毛	3	苏祖亭
同意恒	旧城	皮毛	2	周德
兴华	旧城	皮毛	3	田小青
永泰和	旧城	皮毛	10	丁乾三
文茂祥	旧城	皮毛		
新华号	旧城	皮毛		
万益恒	旧城	皮毛		曹斗南
永盛西	旧城	杂货	0.8	张耀南
福盛德	旧城	布匹	0.8	华海丞
瑞华兴	旧城	布匹	0.8	丁维兴
新盛西	旧城	布匹	0.8	
德泰祥	旧城	药材	0.8	段吉丞
永兴泰	旧城	杂货	1	马德合
全兴店	旧城	杂货	1	
世兴泰	旧城	布匹	0.3	段哲元
福盛店	旧城	布匹	0.3	鲜文秀
全盛敏	旧城			
福盛通	旧城	皮毛、民族用品	8	敏步洲
祥盛福	旧城			
俊德盛	旧城	皮毛、民族用品	5	丁永禄、丁士俊
和记	旧城	皮毛	3	
全兴恒	旧城	杂货	3	

（续表）

福兴店	旧城	杂货	2	
福泰店	旧城	皮毛	1	
协记	旧城	药材	8	
长盛店	旧城	药材		马玉庆、马天恩
瑞兴恒	旧城	药材	1	王一德
世兴荣	旧城	皮毛	1	
德盛店	旧城	皮毛		苏秋江
自立成	旧城	皮毛	0.3	赵国清
福盛昌	旧城	杂货	0.3	
世兴丰	旧城	药材	0.5	
王永福	旧城	杂货	0.3	
张德林	旧城	杂货	0.5	
韩寿安	旧城	布匹	0.5	
杨德荣	旧城	杂货	0.8	
郝振海	旧城	杂货	1	
王积福	旧城	布匹	2	
丁永贞	旧城	皮毛	1	
丁念祖	旧城	皮毛	0.5	
张义生	旧城	杂货	2	
天成隆	新城	布匹	0.8	赵明轩
裕昌荣	新城	布匹	1	李昌斋
宝泰和	新城	杂货	0.25	马星天
天顺成	新城	杂货	0.2	李柱臣
积生祥	新城	杂货	0.2	吕廷相
永生泰	新城	杂货	0.2	李发盛
万顺泰	新城	杂货	0.2	李佐臣
元发荣	新城	杂货	0.2	杨春元
积生厚	新城	杂货	0.2	杨馨轩
天庆德	新城	杂货	0.2	宁世和

行商，俗称“牛马商贩”往来于甘、青、川、藏区，将藏区所需物资运入，又将藏区所产物资运出。行商中又有商队和“单马客”（一人一马一枪）之分。商队的形式主要有：

牛马贸易商队，从临潭向藏区运进日用百货等，从藏区购买或以物资交换牛、马、羊等牲畜，赶往旧城出售。牛马主要来源于青海玉树、果洛，四川阿坝、若尔盖，甘肃碌、玛、夏等地，骡马交易会上的牲畜交易约达五千多头（匹只），据1941年的不完全统计，旧城交易马三千多匹，牛二千多头，羊四千多只，全年总输出牲畜额价值银元三百三十多万元，牛马主要贩往陕西、岷县、西和、礼县等地。

从事皮毛贩运的牛马驮队，清末民初皮毛交易兴盛，外国洋行向西北腹地深入，光绪二十六年（1900）甘南地区的羊毛生意被英商垄断，拉卜楞的“丛拉”（市场）建起了英国普伦洋行，直接收购羊毛，先在甘加、麦西、桑科、欧拉、黑错等地集中，然后统一运到拉卜楞，交洋行验收过秤。“以天兴隆为例，光绪三十年（1904）一月即洋行到河州开设分行的第四年，西道堂教民丁重明捐银一万两，以此为资金，西道堂‘天兴隆’商行正式开业……，次年12月，丁重明再捐银一千两；在新城建‘天兴亨’商号……。临潭地处藏区，西北靠近著名的拉卜楞寺院，南连上下迭部，西达双岔、毛里、西仓，全是以牧业经济为主的藏族聚居区，‘天兴隆’商行从事的皮毛收购业中的行商活动范围包括甘肃和青海玉树、果洛海北等……行商队在经理们的带领下到草原腹地收购羊毛，销售藏族生活日用品。民国二十一年（1932）时天兴隆流动资金达银元十六万余两……西道堂加强与外省的商业交流，扩充骆驼六十峰，派经理马仁山专往归绥、包头等处经商。”（袁纣卫《包头回族皮毛贸易（1879—1945）》，载宁夏社科院《回族研究》2007年第三期）。民国二十一年（1932）西道堂行商共计二十个商队，计驮牛一千七百多头，骑马二百余匹，流动资金十六万余元，贸易来往于内蒙古、四川等地。当时洮州著名文人吕芳规《看贩子出口》一诗，形象描绘了皮毛商队的盛况：

番帽番衣番样穿，腰悬利刃背生烟。
驽马识途能致远，驮牛负重各争先。
笠天席地何辞苦，暑寒夏冬不计年。
皮毛满载归来日，猎犬狺狺犹带膻。

敏生华老师在《洮州的盐帮驮牛队》一文中记述：盐帮驮队，是从青海驮运食盐的驮牛商队。民国时期临潭旧城有盐帮驮队七十多家，驮牛一万五千多头。年贩运盐约五十万公斤。从明中叶开始，以回族为主的洮商就自发组织盐帮到青海省的茶卡盐湖驮盐，到1953年为止持续了四百多年。

盐帮的组织形式：盐帮的最高层由二至四名大“郭哇”（藏语意为头人）组成。他们是从全体盐帮成员中民主选举产生的。只在驮盐的路途中起组织领导作用。盐帮的基层组织叫“锅子”，每个“锅子”由六至十人自愿结合而成。他们在驮盐途中住在一起，食在一锅，故名“锅子”。每个“锅子”产生一名领导，叫“尕郭哇”。组成“锅子”的条件是每人都必须有一匹乘马，每个锅子枪不少于一支，凶猛的藏獒不少于二至三只。通常情况下盐帮由二十至三十“锅子”组成。驮牛最少时一万头左右，最多达三万头。供骑的乘马二百至六百匹左右。藏獒一百只左右。盐帮们个个体魄健壮，精通藏语，马术娴熟，枪法精良。驮牛均为强壮的犏牛。这一时期最大的盐帮当为西道堂驮队和以苏温西为大郭哇的驮队。

盐帮的驮运时间和路线：盐帮驮盐的时间一年两次，每年的六月初，上一年的“大郭哇”，在旧城召集各“锅子”的“尕郭哇”开会，商讨驮盐的启程日期和路线，开始启程前的各项准备工作。

夏季：从夏历的六月十五启程到八月底返回。路线是旧城→沙冒→多花儿→博拉扎沙→桑科→保安西面的那哈差纳哈→贵德浮桥→红柳沟→上塬台→青海湖→茶卡盐湖。返回路线仍按原路返回。

冬季：盐帮从夏历的十月初出发到次年的正月十五返回。路线是：旧城→斜藏沟→沙冒→博拉寺院→阿木去乎寺院→达采寺院→科采寺院→胡儿地苍→漏苍→塔尔秀贡巴→尕加达苍→个儿马阳群（从此处过黄河冰桥）→阿苏乎云→尕务路小寺院→青海湖→茶卡盐湖。返回时仍按原路返洮。

盐帮的行军、宿营方式和路途纪律：在“郭哇”庄严下达启程的命令后，牛群徐徐起身，驮队逶迤长达三十至四十华里，这支队伍不为战争行军，却似远征将士，英勇威武地肃然前进。

一天后，驮队离开旧城，进入草原地带，宿营后，由上一任大“郭哇”组织召开全体盐客会议，民主选举本次途程中的新“郭哇”，这些新选的大、小“郭哇”再详细地编排各“锅子”行走的次序，大家依然绝对地服从这些新“郭哇”的领导。

行进的盐客每天在黎明时分就生火熬茶，只喝少量的“豆码”（藏语意为稀糌粑，因为驮驮子时吃得过饱会有损身体健康）。然后每两人为一组，快速利落得驮好三十至四十头牛的盐驮子，在“郭哇”下达动身的命令后，徐徐启行。每天的行进序列都按“蛇落皮”的方式排列，即头天排在第一位的“锅子”在第二天是最后动身，头天排在第二位的“郭子”在当天变为先行，在行进中，每“锅子”抽一至两名枪法好、骑术精的人组成盐帮的“前卫”和“后卫”。当行至险要地段时，“前卫”即策马占据有利地形，直到驮队全部通过，才将阵地交给后卫殿后。大约走五十至六十华里路，到达预定的宿营地时，将近中午先拴好藏獒，以防咬伤行人。然后两人一组，快速卸下盐驮，让牛去自由觅食吃草，这时盐客们才生火做饭，饭后再将盐袋每六只为一垛码放起来，在其三面扯起“档绳”准备晚上拴牛。宿营地点，均选在开阔地带，从不在山根崖坎下宿营，以防晚上盗贼从高处滚石头惊乱牛群。

宿营时各个“锅子”的马匹、帐篷、驮牛、盐垛和藏獒都按位置排列，不得紊乱。而整个盐帮的宿营地是一支军旅的圆形大营盘，每个“锅子”的帐篷门一致背离圆心向外，形成一个大圆，叫作“场子”。

休息时，烧红烙铁将牛背压伤的肿块烙治消肿。盐队每走四五天要大休息一天，这一天就是盐客们的节日，有的人比赛枪法，他们大多数人枪法百发百中；有的人抱盐袋比赛力量，要求双腿盘起来坐在地上，再怀抱盐袋站立起来；有些人则去探望附近的蒙、藏朋友，拿的礼物有哈达、布匹、红枣、核桃、柿饼、油炸果等，朋友家除盛情款待外，临走还送酥油、曲拉、活羊、蕨麻、醍等东西给盐客们；大“郭哇”们则去拜访当地的头人、活佛，拉关系搞交易。

临近黄昏，全部要返回宿营地，晚饭前把牛拴到“档绳”上，马一律用“铁绊”拴住，拴在帐篷的前两侧，藏獒全部放开，盐客们围坐在篝火旁，一面品尝着酥油茶，一面讲故事，说笑话，有的还放开喉咙唱起了家乡的“花儿”。而大小的“郭哇”们每天晚饭前要在“场子”中央召开一次例行会议，讨论第二天的行进路线、宿营地点，研究决定在第二天可能经过的地方，给头人、土官或寺院送礼的具体事宜，处理当天盐客中违犯盐帮纪律的事。会议结束后，小“郭哇”们回到各自的帐篷传达会议内容，指派晚上前后夜的岗哨后，各自安歇。而大“郭哇”们还不定期地检查值勤放哨的情况，如有人在守夜放哨时睡觉，属于严重失职，必须罚牛一头。由于盐帮有严明的纪律，加之队伍庞大，枪械快利，内部团结，所以很少发生意外事件。

在路途中，盐帮有相当严明的纪律，如经过村庄和寺院时，不得打马狂奔，不得和其他兄弟民族寻衅闹事，骑在马上不能打瞌睡，不允许马缰绳掉落在地，服装穿戴不齐整要批评，睡姿和坐姿都有规定，如坐下时臀部落在盘起的双脚上不能落在地面上（这种坐姿能快速起立），睡姿呈“弓形”绝不允许四仰八叉地大睡。如有违犯上述纪律者，处以一定的罚金（一头牛、一只羊或五块银元）。由于有严明的纪律，所以所到之处和各族群众关系相当融洽，出现了盐帮到时“全家喜迎，去时洒泪而别”的感人场面，盐客们个个都能自觉遵守纪律，极少有违犯者。

驮盐的经济效益

每年夏历的六月初，洮州地区的农作物全部耕种完毕。大量的耕畜需要草料，仅靠当地的产草量是无法解决的，一年两次的驮盐，使耕畜在外的时间长达七个月之久，几乎全年一半以上的草料在驮盐的路途中解决了，去时沿草原地带行进，到达茶卡湖边时牛马已膘肥体壮。这样安排时间既不耽误农活，又能使耕畜身体得到恢复，是很科学的。

另外，洮州气候寒冷，农业收入微薄，驮盐可以增加经济收入。据老盐客们回忆，在清末民初时期，用帽缨子、粗织布等物从湖边蒙古族群众处换取食盐，用一顶帽缨子可以换一驮盐（二百市斤左右）。在1931—1941年间，茶卡湖由马步芳的“厘金局”管理，每驮盐交“厘金”两块银元，只数驮子，不过秤。从1941年到解放初，开始过秤计值，每一百市斤盐付给厘金局八至十二元的国民政府纸币。驮到洮州旧城，扣除各项费用，每驮盐（二百市斤）纯利约三十块银元。

这样，洮州盐帮无形中使旧城变成了一个很大的食盐集散地，每年运到的盐至少在一百万斤以上，这些盐除满足洮州附近数县群众的需求外，还有相当数量的盐由“脚户骡子客”和舟曲、文县、礼县一带的“背子手”们再贩运到岷县、宕昌、武都、礼县、舟曲、文县等，有些还运到陕西等地；上述客商又从四川运回布匹、线、竹器、颜料，从武都运回铧，从陕西运回了“杠铃”（老牛车所用的铁铃或系在牛项的铁铃）、马镫等，既丰富了洮州市场的货物品种，满足了当地各族群众对生产、生活必需品的需求，也促进了洮州旧城市场的大发展。

盐帮生活艰苦，旅途艰辛。驮盐一趟往返需要三个多月，而且旅途时常有不测的事件发生，劳累、疾病、贼盗伴随着他们。冬天，从黄河岸边到茶卡湖的路程基本上是沙碛地带，人畜逆风而行，牛、马踏起的滚滚沙尘，似黄龙舞动，晚上风停以后才能生火做饭。每天驮卸百来斤的盐袋六十余袋，衣服前胸全被擦破，一趟盐驮回来胸部肌肉结了老茧。更苦的是从湖水里捞盐，双腿浸泡在冰冷咸涩的湖中，双腿、手、脚都要脱一层皮。不少盐客的生命就抛却在这条漫长的不归之路上。因此盐帮们在动身之前，亲朋好友们会前来送行，纷纷送上“干粮”（点心、各类糖果、柿饼、红枣、核桃等）。各家盐客都请阿訇念《古兰经》，祈求真主的襄助。在动身的当天清晨，整个洮州旧城是倾城沸腾，场面十分壮观。盐客们身着藏服，跨马背枪、精神抖擞地用藏语吆喝牛群，藏獒们欢欣雀跃，在驮队的两侧奔跑追逐，护卫着这支浩浩荡荡的大军远行，送行的场面显得庄严热闹。盐帮驮队回来时又全城出动，亲戚、朋友、邻居前往迎接探望。

盐帮驮牛队逸事

1. 盐帮的忠实卫士——藏獒

藏獒是出产在四川和甘南草原地区的一种猛犬，身躯高大，耐寒灵敏，当盐客们在茫茫草原上行走、沉沉黑夜中宿营时藏獒都能忠实地履行护卫任务，和盐客们建立了深厚感情。民国二十九年（1940）的夏天，盐帮离开茶卡盐湖在红柳沟宿营时，有盗贼乘黑来劫，被藏獒发觉，近百只藏獒群起进攻，贼人仓惶逃窜。其中一人未来及上马，被藏獒穷追不舍，他急中生智爬到一棵大树上，藏獒将树围了一夜，直到第二天盐客发现，驱散藏獒，那贼才从树上溜下来，已被吓得半死。

2. 盐帮的扶困济危精神

事情发生在民国二十九年（1940），四川松潘舍儿哇地区的藏民，从茶卡湖往西宁驮盐返回的途中，二百多头牛，二十余匹马，被一伙盗贼抢劫。哭诉到洮州盐帮的苏温西大“郭哇”处，苏立即下达了追击贼盗的命令，盐客一天强行军，追上了被盗牛群。起初，这些贼人不肯退赃，盐帮中的神枪手骑在马上把贼匪远处几头驮牛项下的铃铛弹无虚发地击落，贼匪受到震慑，原数退还所劫东西。这些“舍儿哇”藏民赶着三头肥牛前来答谢，盐帮均未接受，他们流着感激的泪水离去，并和盐帮结成了“主人家”（朋友）。

3. 盐帮的技能为马步芳所钦佩

有一年马步芳会同青海湖周边的蒙藏王公、头人、活佛，在青海湖边“祭海”，恰逢洮州的盐帮路过该地，马步芳派人传话给盐帮：“听说你们洮州人驮牛跟的好，我想看一下。”经大小“郭哇”们商量后，给马步芳送了两包大茶，六桶蜂蜜（二市斤／桶），接下来表演驮驮子、支帐篷、生火做饭等，马步芳评价："驮盐确实很苦，你们洮州人驮牛跟的好，纪律好，牛马的装备齐整。"并赏给盐帮三千驮盐（约六十万斤）、炒面两千斤、猎获的黄羊六只，将盐帮送的蜂蜜转赠给在场的头人、王公、活佛，并嘱咐道："这些洮州的盐客很苦，以后请你们多照看的哈。"

"单马客"，是在抗战及其后的解放战争时期，由于藏区大量种植罂粟（鸦片），旧城成为鸦片集散地之后大量产生的。他们一人一枪一马，从迭部等藏区往返倒运鸦片。其中亦有大批"单马客"是从藏区往来贩卖日用品和羊毛皮张的。

在清末民国初至中期临潭洮商中还兴起了做马鸡翎子的生意，每百根蓝马鸡翎售价银洋三十元，销往北京做清朝官员官帽饰品，民国初期远销欧美，以法国销路最好，年销售额约银洋二十万元以上，临潭群众家家养马鸡，户户有鸡舍。

改革开放后的洮商与洮商经济

1949年新中国建立至1950年，临潭县有私营商业四百五十六户，从业人员六百八十五人，拥有资金三十八万零三百九十元；1953年私商发展到一千一百三十八户，从业人员一千五百零三人；1956年对私营工商业进行了社会主义改造，洮商私营活动全部纳入国营商业和集体商业。后历经1958年的"大跃进"、人民公社化运动，1966年至1976年的十年"文化大革命"，洮商贸易活动基本停止，经济收入几乎丧失殆尽。

新中国建立后，真正意义上的洮商，是在1978年中共十一届三中全会后改革开放时期重新兴起并发展壮大的。

1. 洮商的原始资本积累

任何一种贸易经济行为的产生，必须经过资本的原始积累过程。

洮商的重新兴起亦不例外。1958年之后，临潭和全国一样，经历了人民公社的“一大二公”“大炼钢铁”、1960年天灾人祸的饥荒时代。特别是十年“文革”时期一系列的极左政策，使临潭经济和人民生活处在极度的贫困之中。产生了一大批“过黄河”“跨长江”进入川青藏地区的临潭青少年讨要队伍。这批人由于精通藏语和藏区情况，改革开放后就成为洮商重新兴起的生力军。

这批藏区讨要队伍中的大多数人，在讨要过程中将讨到的炒面等转手出售出去，然后利用手中的现金，暗中从藏区收进藏民不需要的布票、棉票、粮票等带回临潭再转手出售从中赚取差价。当时国家对粮食、棉布、棉花及紧缺日用品实行统购统销，凭票凭证定量供应。国家给公社社员每年每人发给布票六至八尺，棉票一斤。藏民衣服多用皮制，布票、棉票、粮票便每尺、每斤以一至三角的价格出售，到汉区布票每尺可卖到八角至一元二角，从中赚取差价七至八角。再从汉区将“甘字”“肃字”牌黄烟、砖茶等背进藏区出售或换取炒面、酥油、毛皮等，运进运出赚取利润。这是在“文革”政策紧张时的一种贸易方式和资本积累手段，其中还有其他方式如在玛曲、碌曲等地以集体形式（生产大队、小队等）搞屠宰、搞建筑副业等获取现金收入。

1976年至1980年前，“文革”结束，政策松动，临潭人便以贩运民族用品的形式，从地下商业活动，试探着走向公开。这一时期的贸易活动以“跑仓儿科”形式为主。初期他们利用手中微薄的资金，背着针头线脑、发卡以及日用品进入藏区走村串帐，出售或换取酥油、毛皮、曲拉等。中期则主要以贩牛、贩马为主。后期则以贩唐卡、绿松石、活佛照片（主要以达赖、十世班禅像为主）、藏药仁欠日历、贝母、麝香为主。绿松石从湖北或北京进货，然后销往西藏的拉萨、四川等藏区。藏药仁欠日历（百宝丹）从青海进货，销往西藏、四川等地。后开始经销珊瑚、蜡珀、豹皮、水獭皮等民族装饰品到藏区。活佛像则在临潭旧城由专业人士冲洗，销往藏区各地。还有部分人经营木头的采伐和贩运。通过以上各种方式，洮商积累了一定的资金，加之后来的扶贫款、银行贷款等方式，为全面发展奠定了基础。

2. 改革开放至1990年的洮商经济

1980年以后，国家对商业体制进行了改革，调动了社会经商的积极性。素有经商传统的临潭各族人民，又开始大显身手，纷纷投身经商的大潮。改革开放的政策更使这些有一点资本积累的洮州人如鱼得水。他们下四川、上青海、跑西藏、闯沿海，跨省区做生意。到1990年在全国十八个省区的八十多个县，仅坐地经商的临潭商人就有二百多人。这一时期在旧城就有与沙特阿拉伯侨属联办的“临潭县侨联公司”“临潭县华侨公司”、旧城砖瓦厂、清真罐头厂，等等。这一时期运输业也有了前所未有的发展。仅旧城一地就有运输专业户近百家，拥有大小汽车四百多辆。旧城每年的物资交流会期间，四面八方的人会聚旧城，进行商贸活动，会期人山人海，繁盛之况在甘南地区首屈一指。

为了拓展市场，洮商中的坐商和行商相互结合，把商业网点不断向外延伸。他们把当地的青稞以及发达地区的工业品贩运到川、青、藏省区的藏区，又将藏区的畜产品、药材和木材等销往内地以及沿海城市。在川、青、藏三省中百分之八十以上的牧业县，都有洮商在那里坐地经商，行商遍及更广。西藏昌都有一条集中了二百多名回族洮商的商业一条街，年交易额在二千万元以上。在内蒙古二连浩特、新疆阿拉山口和甘肃马鬃山等边境口岸，洮商也十分活跃。在西藏的樟木口岸，常年坐地经商的临潭洮商就有二十多户。

1990年，全县个体经商户从1979年的二十七户增加到二百八十八户，从业二千一百三十三人，注册资金二百九十六点三万元，营业额三百一十九点七万元。

1980年至1990年，未登记的行商、小本生意者达二千人左右，从事的主要是黄金交易，流动资金二百万元左右，麝香六百万元左右，虫草二百五十万元左右；另外还有鹿茸、皮毛等，全部流动资金三千万元左右。

3. 1991年至2006年的洮商与洮商经济

1991年以后，洮商的原始资本积累过程已基本完成。洮商的经营规模、从业人数、商业网点、流动资金、商品种类、经营档次都有了质的变化。他们在北京、上海、四川、新疆、内蒙古、青海、西藏等为主的十八个省区的四百多个县（市、区），以及本省的兰州、临夏等市县从事商贸购销、土特产贩运。另外有五百多辆货车活跃在川藏公路、青藏公路上，从事运输业。部分洮商已经走向沿海发达地区，往来于沙特阿拉伯、阿联酋、泰国、尼泊尔、马来西亚等国家从事贸易活动。

据2006年统计，洮商在西藏坐地经营户一百七十户，从业人员四百五十人，以八角街为中心，遍及那曲、日喀则、灵芝、昌都等十个市区县，涉及粮油、旅游品、餐饮业、藏饰品、日用百货、农业机械、建材等行业。资金累积达一点二亿元。

据《临夏民族日报》2007年9月20日《陇商进藏“三分天下必有其一”》一文报道：“在八角街一千一百米左右长的街道上，林立着近四百家各地人开的商铺，是拉萨最繁华的地段。据一项调查表明，在这近四百家商铺中，来自我省临潭县的商家就有百多家，来自兰州的商家有二十余家，来自临夏州以及甘谷和秦安的商铺也有上百家，几乎占据了八角街贸易额的二分之一。

“敏宏俊是众多在拉萨经商的甘肃人中的一员，他1991年就到拉萨，给别人打工，自己也摆过地摊。从做小买卖开始他就本着诚信的原则，一步一个脚印。如今敏宏俊已是一个拥有两家旅游纪念品店的老板了，精明的他现在可以用汉、藏、英语等好几种语言和顾客交流。在拉萨开店尝到甜头的大小老板们，回到甘肃家乡就不断携带自己的亲戚、朋友来到拉萨的八角街。目前来自临潭县的近千人经营着一百多家旅游纪念品店，约占八角街旅游纪念品店的90%。

“马古白的副食品摊点在这里格外扎眼，他经营的酥油、奶酪以及方便食品，颇受当地藏族群众欢迎，不时有人来签订大批量的提货单。

“老马是临潭县人，修建青藏铁路的时候来到了拉萨。他有自己现实的观点：‘铁路一通，西藏的经济肯定会有大发展，商机很多。’看来，老马的选择是正确的，他的两个儿子也来到了拉萨市，做起了虫草生意。孙子绕膝玩耍，老伴盛来一壶浓茶，真是其乐融融。

“老马今年六十岁，眼不花，耳不背，说着一口流利的藏语，看到‘老外’还会蹦出一两句英语，至少能让‘老外’明了是什么东西，多少价钱。

“老马感慨道：‘过去的茶马古道，如今变成了青藏铁路，今非昔比啊！’火车真是西藏的‘致富路’，自从铁路开通后，这里的商品越来越多，价钱也越来越低廉。

“我问：‘你一年能挣多小钱？’

“老马一手捋着长长的胡须，扬起头来哈哈大笑，说道：‘日子会越来越好的。这样吧，铁路开通后，我的经营收入比过去增加了50%。’

“马古白自豪地说，在西藏，经营副食品的商人主要是咱甘肃临夏人和甘南人。”

洮商贡献与洮商精神

洮商继承了古代茶马互市的优良传统，以自己勤劳的双手、诚实自强的信念、不畏艰险的精神和对幸福生活的追求，纵横川、青，贯穿藏滇，沟通了汉藏等民族的贸易往来。为民族团结和民族地区的发展做出了贡献；洮商贸易促进汉藏民族在经济上结成为不可分割的整体，相互支援，共同发展，改善了各族人民的生活，成为从事畜牧业的各兄弟民族经济生活的重要支柱，带动了汉藏各类商品经济的发展和物资交流，使各民族各地区之间在经济上互通有无、互为依赖、互为支援的不可分割的统一体；洮商贸易促进了藏区同内地的交通发展。洮商翻过“坚冰滑雪，万仞崇岗，俯首下视，神昏心悸，毛骨然，令人欲死……”（清焦应《藏程纪略》）的皑皑雪山，走过茫茫草原，越过崇山峻岭，长年累月，以其艰难跋涉，每年以付出十多人生命为代价，更全面地促进了汉藏政治、经济、文化的联系，使藏区成为我国多民族国家不可分割的整体。

当代洮商为民族团结、民族地区的经济发展做出了巨大贡献，西藏自治区工商局办公室王秘书说，甘肃人在西藏工商界“三分天下有其一”（《临夏民族日报》2007年9月20日《陇商进藏“三分天下必有其一”》），那么洮商在西藏工商界的甘肃人中“三分天下有其一”。2005年8月5日，时任甘肃省人民政府省长的陆浩率领甘肃党政代表团赴西藏考察时，为拉萨市的洮商题词：“架起商贸桥梁，促进民族团结。”西藏人民和政府也为洮商的巨大贡献给予积极肯定和高度评价，焦裕禄式的好干部孔繁森任拉萨市副市长时，在一封信中评价一位洮商说：“忠厚老实可靠，为人正直。”洮商敏武被选为西藏那曲地区人大常委会常委、西藏自治区人大代表，2003年那曲地区精神文明指导委员会授予敏武“再回首”商店、“诚信商店”称号，“精神文明个体商户”荣誉。2004年7月西藏自治区工商局授予洮商黎穆萨“诚信个体工商户”称号。

洮商精神贯穿百年，洮商精神是中华民族优秀文化和伊斯兰信仰熏陶与浸润的结晶。在洮商身上充分体现了“内刚外活”“宽容让人”与“自强不息，厚德载物”的内在气质。这种精神是中华民族优秀文化的有机组成部分，也是甘肃精神的重要内容之一。“不卖假货，勤劳——店开得早，关得晚，吃苦，意志坚强，这是我们甘肃人在拉萨八角街能站住脚的关键”（引文同前），在西藏拉萨八角街做旅游纪念品生意的临潭人敏宏俊给记者总结了甘肃人在西藏做生意的成功经验。敏宏俊的话通俗诠释了“吃苦耐劳、诚实守信、自强不息、拼搏创新、追求幸福”的洮商精神。

飘荡的乡愁

洮州风情体验园，坐落在离临潭县城二十多公里的流顺川。其北是历史悠久的藏传佛教寺院园城寺，东临明代百户刘顺的红堡子。

流顺川钟灵毓秀，人杰地灵，人才辈出，明代著名外交家侯显、清光绪进士崖州知州包永昌，中国伊斯兰教西道堂创始人马启西等，都出自该地。洮州风情体验园创立于此，更显示出其深厚的文化底蕴。

古洮州农耕文化历史悠久，特别是明初，江淮一带的戍边将士和屯田移民，进入洮州大地之后，将江南先进的农业生产方式带到这片古老的土地，使江南的农耕文明在神奇的高原生根开花。

但是自上世纪90年代起，特别是进入21世纪之后，中国社会的工业化进程加快，农业机械化逐步代替了传统的农业生产方式，传承千年的古洮州农耕文明，随着中国社会的发展进程，濒临消失和绝迹。

保护和传承这笔丰厚的文化遗产，成为我们这代人义不容辞的责任和义务。流顺红堡子村的几个有见识、敢担当的青年人，便创立了这个洮州风情体验园，使古洮州的农耕文明和农业生产方式世世代代传承下去。

体验园以古洮州农业生产的耕、播、种、锄、割、打、碾的一系列方式为内容，让人们体验到古老农耕文明深刻的文化内涵。

体验园的大场中生产工具一应俱全，耕地、架杆、庄稼磊子、木车、耕牛、连枷、二牛抬杠等，使人们全方位地体验春种、夏长、秋收、冬藏的农事过程。

体验园中最具特色的便是水磨和油房。水磨是用来磨面和磨油料的。油房则是榨油的作坊。体验园创立之初，创办者们就从洮河上游的村庄，将一座废弃的磨房和油房买下来，完整地拆回来后，原铆原楔地立在体验园中，让这个已经退出历史舞台的水磨油房，最大程度地保持了原有的风貌。

水磨油房配套使用，水磨磨碎油料，油房用来榨油。洮州的水磨分为两种，水大的地方用平轮带动磨石，水小的地方用立轮带动磨石。整个磨房除磨石外全部为木质结构，木轮、木柱、木水槽、天板地板的木房。水磨气势柱顶天地，轮转日月。

洮州油坊的榨油方式，是运用杠杆力学原理来进行的。整个油坊是打通的七间房屋，其核心长四丈八以上，大头直径近两米的油梁。它像一条巨龙，贯穿整个七间房，架腰担的两个石桩是它的前爪，落地的两个七星桩是它的后爪，油梁顶端的石仓，恰似它的龙头。油梁气贯长虹，杠杆原理运用科学，不得不让人折服古人的聪明智慧。

2016年2月26日，体验园油房正式开榨。

上午10点，流顺红堡子德高望重的老爷、先生齐聚体验园，他们头戴礼帽，身着长袍，古风十足，准备油房的开榨祭奠仪式。柏木叶、黄表、柱香、祭文已一应俱全。祭祀仪式由鸣炮、焚香、化表、读祭文行叩首礼组成。首先祭祀的是园内的佛塔，然后就进入油房，在石仓下祭祀油梁，祈求油神平安降福，榨油顺利，多出油出好油。最后为水磨行祭祀礼，祭奠结束。

榨油时一榨油料的用量称为榨口，大榨口一次用料一千余斤，小榨口八百余斤。一榨油榨两次，第一次称为头榨，将头榨的油渣再上蒸锅，包好压榨，称为二榨。

油房榨油配套工具多达几十种，三十多道工序。配套的工具主要有：

小起星、大起星，在一块长木方上凿三十六个楔眼，称为三十六天罡，大起星共四十三个楔眼，三十六加北斗七星而成，主要是在起降油梁时所用。

烟锅子，是在起油梁时用的扬杆，其形状如烟锅，故有此称。

石油盘，置于石仓下的将军柱之间，周边为石槽子，通向将军柱前的油窖子，油窖子中放着接油的木桶，又称油量子。蒸油料的锅头，还有包油料的钢圈、干马莲草、楔子、榔头等不一而足。

榨油的三十多道工序中主要的有：

第一道工序，选取上好的油料，洮州地区的油料有两种，一种是油菜籽，一种是胡麻籽。通常都是菜籽油，胡麻油非常少见。将选好的油菜籽用簸箕簸去杂质，再在盛满清水的大盆中用竹筛淘洗干净，在太阳下晒干，以保证油料的纯净无染。

第二道工序，是将淘洗晒干的油料上磨，磨成粉状称为“芥末”，一千二百斤的榨口，在石磨上需两天一夜才能磨完。

第三道工序，是将磨好的油料运入油房上锅，蒸锅台是用湿白土逐层筑打而成的，没有缝隙，蒸油时气不外泄，使热量得到充分运用，蒸油料时蒸熟一层添一层。待油料全部蒸熟后开始起锅。蒸熟油料，正是大榨油油质醇厚、馨香绵远的缘由。

第四道工序，是入圈包油，将五六个钢油圈放在铺好的干马莲草上，把蒸好的油料芥末倒入钢圈中，油包师用马莲草将其包成饼状，然后垒放在油梁下的青石油盘里，用桦木制成的靠子将垒起的油圈固定好，上置油盖放上横木枕头。

榨油的最后一道工序，就是起梁，它是用杠杆原理将巨大的油梁启起，再自然降下的过程。这是榨油的主要环节，旧时有很多讲究，为使抬榨不出问题，油包师会在石仓下两将军柱的中间点上一盏油灯，企盼油神赐福。并闩紧油房门，避免女人进入。

起梁的工具是扬杆又称烟锅子、大起星、小起星等。起梁时用扬杆和大小起星交替穿闩，将油梁的大头启起，五六个壮汉在油梁头和石仓之间放进梭子，再用几十斤重的木榔头打入楔子，使油梁紧压在作为其支点的油圈上。然后又用扬杆和大小起星交替穿闩，让油梁小头自然降下，这时油梁的大头自然上升，石仓死死地压着梁头，油梁靠石仓的作用力与反作用力相互交织，处于杠杆支点处的油圈，在压力的作用下，清油从油盘的石槽中流下，汇入油窖的油量子木筲中。

此时体验园“榨响如雷，惊动满天星斗；油光似月，照亮万里乾坤”。流淌的是清油，留住的是记忆；飘荡的是乡愁，体验的是历史。

一首洮州花儿背后的故事与历史

卓尼杨家杨太太，
噢会儿（那时）谁把谁爱来，
哎兹（这会儿）良心谁坏来。

这是一首普通的洮州花儿，但其背后却蕴藏着一段鲜为人知的故事和历史。牵扯洮州地方的两个历史人物，一个是包万显，一个是卓尼杨土司太太。

2015年农历的六月天，笔者前往古战乡正北大墩山古战山村群众插箭节的现场采风摄影，巧遇古战川七十多岁的退休教师郝耀仁先生，他给我讲述了在古战、阿子滩、古战川、古战山一带群众中广泛流传的这段传奇故事。

清康熙年间，洮州有包姓三兄弟，老大包万象继承了洮州卫千户之职；老二包万显为洮州西路镇守千户，在古战包家寺驻军主持屯田事务；老三包万荣署理西固（今舟曲）屯田事务。

包家老二包万显在临潭西路驻军屯田时，改信了苯教，在现在古战乡包家寺村修建了一座苯教寺院，这也是该地被称为“包家寺”的缘由。这座寺院后来遭兵燹被焚，当地群众将其迁移西距十五公里的卓尼县康木车村重建。现在那儿的苯教寺院的前身就是该寺。

包万显管理屯田事务的同时，还镇守洮州西路的达架、甘卜他、官洛、恶藏四大暗门，拥有兵权兵符。郝耀仁先生站在大墩山顶，俯瞰古战大川，为笔者详细讲解了包万显驻军屯田时管辖区域的界限。大墩山上有包家大墩，为包万显所拥有，是该山的主墩，每年六月周围群众都要在该山举行造山神、插箭祭祀活动。

包万显在临潭西路驻军屯田、镇守暗门时，与卓尼杨土司太太产生了一段爱情故事，恰好卓尼杨土司要征伐南番十二个藏族部落，土司兵力不足，杨太太便因与包万显的感情，向包借了兵权兵符用于征伐。征伐结束，土司兵凯旋，这时杨太太不但抛弃了包万显，而且兵权兵符也是刘备借荆州，有借无还，四大暗门的镇守权也归于卓尼杨土司。民间说法杨太太用美人计赚取了包万显的兵权兵符。包万显付出了失去爱情丢弃兵权的代价，抑郁迁徙别地。包姓包家寺一支从此家道衰落，沦为普通百姓。包万显在心情郁闷中唱出了这首花儿，宣泄了他的愤懑之情。

查洮州包姓历史，明初以武功授洮州卫指挥千户世职，封武德将军，祖籍安徽合肥，住新城西街，据中华民国三十年（1941）所立《前洮州卫世袭指挥右营掌营千户万象包公之神道碑》载，“包氏先祖原籍安徽合肥望族也，明初祖公武德将军统军度陇，以功授洮州卫指挥千户”，“后继芳公任洮州卫世袭指挥右营掌营千户，清康熙间万象公承袭世职，管理屯军、捍卫边徼”，包万象殁后，葬于长川，其碑就立于长川包家坟茔之中。

包万显也实有其人，其为现流顺宋家庄包氏先祖。据光绪二十年（1894）由包永昌所修《包氏家乘》载：“始祖万显，字于西，徙居刘顺川之龙马沟门前，躬耕养亲，……与荫袭万象公是否同胞抑或堂从，书缺有间，未有查悉，生没年，墓俱无考。”从包永昌的记载中看，流顺包氏先祖包万显迁徙流顺的缘由及生平无法确知，那么前述的民间传说就值得参考，或许包万显因失去兵权兵符后，无颜面对家人族人，而迁居刘顺川龙马沟门前，隐耕奉亲。但流顺包万显包氏一支，子孙繁衍，人才辈出，先有光绪初进士包永昌，历任广东高要、三水、香山（今中山县）的知县，后又升任广东京州府（今海南省）知府、崖州知州等职。卸任归家后，于光绪三十三年（1907）主编《洮州厅志》；后有其孙包述侁，由甘肃武备学堂报送日本东京陆军士官学校，开甘肃海外留学之先河，其同学为蒋介石、蔡锷、李烈钧、阎锡山等。毕业后赴甘发动辛亥起义未果，后随马福祥任参议，代理绥远都统、甘军总司令部参谋长，陆军中将衔少将职。

这首花儿牵扯的第二个人物是卓尼杨土司太太。查卓尼土司史，卓尼第十二代土司杨冲霄及夫人生活于清康雍时期，杨冲霄夫人李氏，是今临潭羊永乡旧庄子村人，是明永乐元年（1403）奉敕镇守洮州的右军都督府佥事，洮州卫都指挥佥事李达的后裔。李达家族有与藏回通婚的传统，卓尼第七代土司杨葵明夫人即为李勋次女，逝后葬龙马沟杨氏祖坟，有墓碑志。

杨冲霄的夫人李氏，在卓尼土司史上是一个举足轻重的人物。李氏藏名仁钦华宗，她是一位杰出的女性，不仅能绣誉满藏区的唐卡佛像，而且还是可调动千军万马的战略将才。传说她六月天率兵攻打迭州（今迭部）。六月天江河暴涨，渡河困难，而她运筹高超，一举取胜。在当地群众中，将她领兵攻打迭州与宋代杨家将中的穆桂英大战洪州相提并论。对这样一位杰出的女性，巧获包姓兵权兵符那岂不是探囊取物？有如此女性方有如此大手笔。

仁钦华宗对佛教信仰极为虔诚，她与其孙第十四代土司杨声共同努力，用六年时间完成了卓尼版大藏经《丹珠尔》《甘珠尔》的印版刻写。《安多政教史》载“这位土司和其祖父嘉样诺尔卜的第二夫人仁钦华宗两人雕刻了《丹珠尔》大藏经的全部印版”。卓尼版大藏经印版的刻写是大藏经刻版史上的一次创举。卓尼版《丹珠尔》经版的刻成，不仅对佛教的传播带来一定的影响，而且对藏语言文化的继承发展，也做出了巨大的贡献。

仁钦华宗的丈夫杨冲霄出生于1703年，1737年三十四岁去世，仁钦华宗李氏夫人应该是年轻丧夫，其子十三代土司杨昭“未及承袭而卒”（《洮州厅志》）。

杨昭去世，留下三个年幼的儿子，第十四代土司，杨声承袭土司之职时年十岁，“杨声年幼，暂请以祖母李氏护印”（《洮州厅志》）。那么年轻丧夫的李氏与包万显产生爱情实属人之常情。这期间，卓尼土司的政教事务均由她代理，她借征伐之机，利用感情巧取包万显兵权兵符，维护杨氏利益，扩展土司势力，对她来说实属大义之举，今人无可厚非。

仁钦华宗不仅具有过人的胆识、高超的土司事务管理能力，而且还具备宽阔的胸怀，她将自己的女儿嫁给临潭旧城回族丁姓三世先祖丁朝臣为继配夫人。李达家族不但有与藏族通婚的传统，也有与回族通婚的传统，临潭旧城回族丁姓二世公丁养元的夫人李氏，“旧庄子女，生于天聪二年（1628），例赠孺人，诰封淑人”（清末丁裕谦撰《洮州丁氏族谱》）。丁养元的夫人李氏，推理应和杨冲霄夫人李氏是姐妹关系，丁养元和杨冲霄是连襟关系，她将自己的女儿婚配给自己的亲侄为妻，两姨通婚主观上用联姻手段强化了亲情关系，客观上和睦了当地的藏回关系。而这两位李氏女性在旧城清真大寺的修建中做出了巨大贡献，“康熙三十六年丁丑，建修本邑清真礼拜寺大殿，……妣（丁养元夫人）李氏则淑慎孝顺，于三十八年助寺内各柱口打造铁箍全应足数”（《洮州丁氏族谱》）。而三世公丁朝臣的杨氏夫人“妣氏以顺为正教”，贤妻良母，贤惠过人，“所最羡者，世袭土司杨公之女、淑人杨太君者，盖臣公之淑配也，幼习女经，长娴姆训，贤儆鸡鸣，主中馈，而无愧眉齐鸿案，诚内助之有方，且也课子披蒲肄业，苦助熊丸或，画荻学台，功催萤案。母道能兼师道，恒言即是格言”（敏步堂《洮州丁氏族谱·序》）。

三世公丁朝臣杨氏夫人的母亲“先人氏之母亲诰授中宪大夫、代管土务事杨李氏，于修建清真寺所用木植全管足数”。意即康熙三十六年（1697）旧城清真寺大殿修建所需全部木料，由丁姓三世公丁朝臣的岳母、卓尼第十三代土司杨冲霄的夫人仁钦华宗足额捐供。

一首传唱了百年的花儿很平常，而背后的故事与历史却极不平凡，历史老人总是很诡谲，但只要剥茧抽丝，总能管窥到历史蛛丝马迹的真实。

常喇嘛川与常喇嘛

现临潭县长川乡政府驻地长川村，清光绪三十三年（1907）成书的《洮州厅志》记载为丁何堡。是因该地的丁姓回族据一堡，何姓的汉族据一堡，故二堡合称将长川称为丁何堡。清康乾之后称为常喇嘛川。

现长川一名是从常喇嘛川名简化而来，故失去了其起源的历史文化意蕴。很显然，常喇嘛川是因常喇嘛而来。

常喇嘛名为常朗爵巴，祖籍岷州闾井，先祖修行于京都护国寺，明宣德年间任闾井常家寺住持喇嘛，乐善好施，广结善缘，名垂一时。近祖蒙清顺治帝隆恩，高升山西五台掌印总督大喇嘛。常朗爵巴喇嘛，出身名门，从小生活在帝都，身列朝端，日伴儿皇，甚得恩宠。

康熙四十一年（1702）印度北方伊斯兰教兴起，并与佛教激烈斗争，佛教徒欲将其经秘密运往中国，常喇嘛闻讯后将这些佛经收于常家寺保存，但常家寺所在的地方为通衢要道，加之有回民居住，他选择了交通闭塞、崇山峻岭的腹地修了别院锡庆寺。又由于该寺既是岷州大崇教寺（东寺）的属寺，又在东山寺北山的大沟之中，故称为北沟寺。

康熙四十三年（1704）皇帝御封常朗爵巴为一品总督掌印，敕建“锡庆寺”，把寺院周围四十里的草山林场全部赏作喇嘛世袭封地。住持出身高贵，寺院金碧辉煌，北沟寺遂成盛极一时的藏传佛教圣地。《漳县志·大事记》对此描述“康熙年间（1662—1722）‘身列朝端，日伴儿皇’的御封总督掌印常喇嘛在遮阳山建起锡庆寺（北沟寺）”。

常朗爵巴喇嘛频繁往来于漳县、岷县、洮州地区，因而在这些地区享有盛名，并且在民间演绎出几百年盛传不衰的故事。

据民间传说，常喇嘛在住持北沟寺的时候，这一带常常白雨不断，冰雹成灾，方圆几十里草枯树死，庄稼颗粒无收。奇怪的是常喇嘛在山寺，便天清气朗，常喇嘛一出行便暴雨冰雹。常喇嘛深以为怪，小徒弟说：“徒儿去蛤蟆泉边担水时，每次都碰到一女子在洗衣服，她常常向我打听师父行踪，我都据实以告。”常喇嘛掐指一算，就了然于心，他便嘱咐徒儿如此如此。这一天，当洗衣女子又问小徒弟时，他回答：“师父到洮州讲法去了。”那女子让他快回寺中去，他担水刚进寺院，狂风骤起，暴雨冰雹，倾盆而下，常喇嘛便掷出一块犁铧尖，只听空中“嘎”的一声响，暴雨骤停。师徒来到泉边，只见一蛤蟆背插铧尖，正拼命挣扎，喇嘛念动六字真言，霎时，蛤蟆和铧尖都化为顽石，从此北沟寺少有暴雨降临，方圆僧俗也过上了太平日子。

有一年常喇嘛进京，“天子重英豪”，再加是故交，康熙爷皇恩浩荡，赐茶一杯，不料常喇嘛谢恩后将茶水泼于门外，康熙见状，龙颜大怒，责问其故，常喇嘛说北沟寺山门失火，殃及深林，今借龙威御茶灭火。左右皆以为欺君，皇上派人八百里加急，飞奔岷州核查回报。北沟寺当时确实起火，熊熊大火延及松林，正当僧侣慌乱之时，万里晴空，炸雷忽起，暴雨骤至，将大火浇灭，余烟中茶香弥漫，经久不息，令人费解。康熙闻之龙颜大悦，信以为神僧，赏赐金册、玉诏、玉棍、玉匾、经书等物。御笔亲书“锡庆寺”，“庆”字头上的点由玉玺大印所代，朝野上下僧俗两家皆知常喇嘛为神僧奇人。

从上述记载可知，常喇嘛生活在清康熙前中期。故事中“师父到洮州讲法去了”，透露出常喇嘛与洮州的密切关系，说明常喇嘛经常外出讲法的地方就是洮州。《漳县志·大事记》记载：“雍正五年（1727）划陇西、岷州、洮州卫地归漳县，设置铁谷屯、烟波屯。”而常喇嘛就将今长川作为其讲经说法或驻足的地方了。常喇嘛川一名，最早即于清康熙初形成。一首岷县花儿也印证了这一历史事实：

镰刀割了蒿头了，
佛爷上了洮州了。
洮州常师喇嘛川，
孙猴十万打八千，
还到佛的手里转。

这首岷县花儿是我无意间从浪子高云口中听到，它进一步证明了这位常喇嘛与常喇嘛川的关系。

除此之外，临潭县城还有两处地名与喇嘛有关。即今县城北气象站驻地被称为喇嘛岭儿，县医院和气象站东侧上下河沟称为喇嘛沟，它们是否也与这位常喇嘛有关，还待进一步考证。

古洮州西方文明薪传断想

清光绪十七年，即公元1891年，几个外国传教士来到了古洮州的旧城。这个地处甘肃西南，今为甘南藏族自治州管辖的临潭县，虽然自明代以来就是茶马互市、藏汉门户的重镇，有十三个省的坐商字号在此从事贸易经营，但这些传教士的到来，仍然让当地的人们用吃惊、诧异的目光审视着这些不速之客。

这批外籍传教士，他们是基督教宣道会的裴文光、席汝珍、熊门林、艾名世、克省悟、郭尚质等。他们来到这个周围都是信仰佛教的藏族人、信仰伊斯兰教的回族人，以及信仰儒释道、民间英雄崇拜的汉族人的地方，来到这古朴封闭的小镇，他们将如何在这里立住脚跟，怎样迈出第一步，这都是未知数。

周肇南—— 一个有功名、有地位的贡生，他的父亲周老爷出面接待了他们，他亲自将这批外籍传教士安置在旧城南门他的旅店内。这年周肇南三十八岁。这位周老爷名叫周士械，美国传教士大卫·艾克旺（David · P. Ekvacc）记述道：

对新来者表现出友好情谊的第一个本地人是周先生，他在第二天就去客店看望了他们。他的父亲对Toylor小姐照顾得很周到，当她表明了她要进藏的目的时，他曾劝她正视在野外的危险并阻止她。而这次友好的来访又使得外国人大为感激，尤其是他们知道了周家是城里最有影响和富有的家庭之一，因此，跟他们交往让人感到有一种很称心的身份，否则他们通常是让瞧不起的“洋人”，不久以后，他们发现结交这位博学的、不摆架子的绅士对他们有很大的好处，他对藏民彻底的了解可以让他们随便学习（利用），他的帮助也很大地促进了早期计划的成熟。

就这样周先生南门内的药店（在某种意义上）成了信息集中地，为了传教士的舒适安逸，父子二人都不辞辛劳。

那年初夏，回民暴动爆发了，听从朋友们的劝告，传教士连同他们不多的财产都转移到洮河对岸的佛教寺院，后来形势严重，人们都心存疑虑，恐怕城里的穆斯林跟叛乱者联合（在洮州旧城回汉人口之比列为三比一），周老爷也打算随时逃走，并把他所有的黄金两千多两交给了传教士，这些在他们那里倒也安全。

那年秋天和冬天，Christie先生被独自留下来了，有好几个月跟沿海地区无法联系，老周给他提供了各样的（生活）必需品，并且常说“虽然我有钱，先生从来不想要，只要我有吃的，你就不会饿，只要我有藏身之处，我将跟你分享”，并且周老爷总是像他说的那样做的。

这位老先生对传教士的关怀是感人的，尤其是其中一位传教士患上了最可怕的疾病天花时，他总是天天来，在病人旁边一待就是好几个小时，中国人可不像外国人那么害怕传染病，几乎人人在婴儿时都接过种，对于令人高兴的结果（痊愈）以及新婚的传教士的回归，他比任何人都高兴，他甚至同意他们的意见，这次从病重中恢复是听到祈祷的上帝直接干预的结果。尽管他比普通人仁慈许多，当儿子钻研并热爱上洋人宣称的救世主时，这位谦恭善良的老朋友想不到竟成了狂暴的迫害者。如果说在这如花似锦的王国里因个人拯救的问题需要被实际地处理，并且对罪孽者清楚地宣布要赎回（罪恶）通过基本表达上帝的爱的话，那么这个人就是周老太爷。（虽然他只有六十岁，他的子孙很多，已经达到了中国所渴望的级别。)

他并非对布讲(福音)彻底无动于衷,(从)另一方面他接受他所能听到的福音,在其中一次认真的讨论以后,他还自负地设法证明上帝有点欠他的债,因为他已做了许多好事,尽管拯救的方式已经被清楚地指明,不会出错。在离开时他最后说道:"那我就听天由命吧,我不够好不能上天堂,但也不至于坏到下地狱吧。"就这样这位严谨的儒家学究坚持着他自以为正当的(生活)方式,虽然他非常喜欢读弟兄们提供给他的基督教文学。(《前哨·藏区边境掠影》吴昌德译)

这位老爷子一生并没有信奉基督教。而他的儿子周肇南却坚定不移地接受了基督福音。他的这一举动,真如荣格所言"文化赋予了一切社会命题以人格意义",他的精神领域也发生了巨大的嬗变。这种巨大嬗变中,最惊世骇俗的就是他与中国传统士人信仰的最彻底决裂,使西方基督教文明的火炬扎根于古老的洮州大地。《临潭县志》载:

周肇南(1853—1929)临潭县城关教场人,清光绪岁贡,绅士。光绪十七年曾在洮州接待外国基督教传教士,并加入该教,是临潭县第一个加入基督教的人。曾任临潭县基督教神召会牧师,西北神召会副总监督。民国十八年病逝,享年76岁。生前曾为临潭、卓尼基督教会捐献了大量家产,在洮州基督教史上享有盛名。

就是这样一位饱受中国传统文化熏陶,身处西方文化没有丝毫根基的偏僻小镇,周肇南一夜之间就接受了基督教信仰,为此他付出的代价是他与父亲反目,失去了家业的继承权。那么他接受基督教信仰的初衷和动因究竟是什么?笔者曾访谈过周肇南的嫡孙周太升,他作了宿命论的解释"这完全是主的旨意",但笔者无法满足于这一回答。

美国传教士David · P. Ekvacc在其著作《前哨 · 藏区边境掠影》记述了他艰难的信仰历程：

> 儿子逐渐地敞开心怀接受真理，他不光对通常的礼拜方式变得冷淡，而且感到厌恶，在拜神的日子里，他就不在店铺里守着，以躲避在神像前烧香叩首的仪规，那些被摆在神龛里深藏而发光的家伙，在打了几年的光棍以后，他又结婚了，但受到了父亲强烈的反对，在这以前，他是按照大多数汉族并融合了藏民的道德标准生活的，（现在）他真诚地渴望按照福音的标准设计他的生活，这也导致了他恳求跟一个名声不好向往革新的妇女的基督教式的婚姻，对这一点他自我解释道，说他以前的生活是如此的不纯洁以致他不能要求一个纯洁的妇女成为他的妻子。
>
> 这一下激怒了他的父亲，他对儿子是如此的独断专行尽力要拆散他们，他甚至在城墙上贴出告示，给任何（觉得）合适的男人，免费提供了一个媳妇。
>
> 在义和团起义传教士撤离的两年期间，小周先生非但没有泄气，反而渴望成为一名基督教徒，信心越加坚强，目的越加坚定，并准备传教士一回到洮州就公开承认基督，他是这个地方第一个走这一步（的人），在任何别的事情上他情愿顺从他的父亲，但在他深信的宗教问题上他坚如磐石，（这一下）问题全部爆发出来了，小儿子也背离了父亲的信仰，早就娶了个回民媳妇，并且改教成为穆斯林，通过研究阿拉伯文钻研伊斯兰教义，而且《古兰经》已经诵念得很流利。有人从这个儿子的性格判定他所确信的宗教其实是一种策略，因为他被人唤去念经，继续在赚钱。
>
> 现在大儿子变成了基督教徒，似乎这个老人越加无法忍受了，如果他死了，依靠谁来履行传统的仪式来告慰散离的亡灵平静的休息呢？由于一个儿子成为了穆斯林，另一个成了基督徒，他在街上受到了公开的奚落，他唯一的朋友既非

汉民，也非回民，而是洮州城里卖醋的人，但却能在两者之间（起到）联合（的作用），并且对基督教还有一定的了解，甚至能谈论“耶稣教”，这位精明的人，说也奇怪，成了周老爷最亲密的朋友。

当说服他的儿子回心转意证明无用时，这位老人想通过暴力来完成，他亲自到当地官员那里，以“忤逆”的罪名控告他那信基督教的儿子，这样的罪名在中国会受到可怕的惩罚，将被“凌迟”处死，即（将犯人）切成碎片，全家将被株连，官员遭受贬黜，就连城墙也要遭殃被铲为平地。但官方没有理睬老人的指控，认为这样做太过分。

最后这位气急败坏的老学究以死来威胁他不听话的儿子，除非他摒弃那种奉信洋人教门的不孝行为。在中国历史上许多古今的事例证明，父亲以死相威胁，可不好随意处理，在真正家长制体系的天朝里，一位父亲在完全地控制着（所有的）家庭成员，生死都是由他来做主，如果人们判断法庭根据当地法律作出的判决的话，（将会发现）生死大权由他（父亲）做主，他似乎有权利采取任何措施来改变后者（儿子）的“错误方式”——尽管儿子以后也会成为爷爷。

自始至终，周先生很镇定，尽管他暂时躲避起来，等老人的怒气稍微平息，但他被剥夺了继承权，父亲以死来威胁（的阴影）笼罩在他的心头，被搞得妻离子散，流离失所，众叛亲离，最终他心甘情愿地放弃了正当取得的功名和荣誉，“这些东西”不能打动我们的这位弟兄，他仰望了一眼天堂，坚信地索取了“上帝的孩子”的遗赠，对上帝爱与认可的微笑感到很满意。

……

他一逃亡回来，就被要求签署一份宣誓书，放弃作为周家的成员所拥有的一切权利，他必须放弃所有的东西：财产、功名称号、儿子以及所有的一切，作为一个穷人走进世界，由于福音的缘故他愉快地接受了这些条件，中间人拿着纸，流着眼泪，这位父亲必定有某种出于理智的不安，要不然就是对他的最后决定的失败而产生的悔恨，因为最后他没有收下它。

……

目前，周先生是一个“谦恭的耕田者”，每周的星期天来参加礼拜（服务），通常要走十五华里，钱由Simpson先生管理，用来供养本地的传教士一年的费用，但是当发给周先生时，被拒绝了，他说他将在工作上尽他所能，做出帮助，但是他不需要这些钱，因为他地里的收入能满足全家不高的需求，他妻子和一个未婚的女儿都是基督教徒，他已经教他们读（经书），但他不能控制他的四个儿子已成为他的痛苦的根源，他们完全处于专横的老爷爷的控制之下，尽管他们也许想跟着父亲的脚步走，但目前他们不敢，听周先生代表他父亲在上帝面前真诚含着热泪的祈祷很让人感动，善良而富有同情心的读者，难道你们不愿意加入到我们为这个老人的转变的真诚祈祷中来吗？他的未来将是真理，他所在的城里的有力的证明，也将意味着许多家庭跟随着他们的转教而带来的解放。他照样把我们当朋友来看待，虽然他必定将儿子转信基督教归咎于外国人所施加的影响。当我们上一次拜访他时，他正在读一本基督教的书，我和Christie先生离开时，他拉着我们两人的手一直送到门外，我们有理由相信，他慢慢地欣赏他信基督教的儿子坚定不移地面对冲他而来的各种辱骂，仍然孝顺这位老人。

与此同时笔者又访谈到另一种说法，周肇南虽是有功名的贡生，但也是一位生意人，走南闯北，见多识广，长期往来于北京、上海、汉口和洮州之间。早在武汉时就和这些传教士接触往来，接受了基督教信仰。光绪十七年（1891）前后，旧城青苗会修建之前在战乱中被焚毁的东明山庙，并由周肇南主持修建。由于当时地方战乱频仍，百姓生活困难，东明山庙只修了一个很小的大殿，将道教的十位娘娘和佛教的四位菩萨同供一殿，因神佛不分而引起部分人的不满，对周肇南横加指责。恰逢此时，外籍传教士到了旧城，周肇南接待了他们并公开了信仰。也有人说，传教士来临潭是周肇南在汉口时就约定好了的。

对周肇南接受基督教信仰的过程，笔者更偏重于后一种说法。“人类需要信仰，就如同夜海的小舟需要灯塔，沙漠的骆驼盼望绿洲一样。”尤其是在社会大变革时期，一个封建王朝即将寿终正寝、行将就木的时候，作为社会的人，尤其是饱读诗书、有思想、善思考的读书人，原有的孔孟思想、释道宗教、祖先崇拜、英雄化神等，已无法满足他们灵魂的需求，他们彷徨在社会之中，神游于天地之间，渴望寻求到一种新的精神之光，以照亮人生道路，给孤寂绝望的灵魂以新的希望。

周肇南接受基督教文明的历史，使我不禁联想起明末的大学者徐光启，这位身处国势如鱼烂瓜溃的明朝季世的上海金山卫聪明的秀才，三十四岁时“南游北逛，在广东遇到了意大利传教士郭居静，一聊起来，十分融洽，徐光启开始知道了天主教是怎么回事”。三十八岁赴北京应试，路过南京时拜访了更著名的欧洲传教士利玛窦，询问人生真谛。以后又与另一位传教士罗如望交结，并接受了他的洗礼。成为进士后，他与在北京的利玛窦探讨的话题已超出了宗教，天文、历法、经济、军事无所不及。他与利玛窦合作翻译了《几何原本》。徐光启官至礼部侍郎，又成为礼部尚书后，就正儿八经地宣扬天主教，提倡西方科学文明，延聘重用欧籍人士，为西方文明在明末的和平传播贡献颇多。

当然，周肇南与徐光启生活的时代背景、地理位置、社会环境，有着天壤之别。周肇南出生于鸦片战争之后的第十一年，是西方列强用坚船利炮打开中国的大门，用一系列不平等条约奴役、掠夺中国人民的时代，他生活在祖国腹地，一个汉藏回杂居的地方，他有选择信仰的多重条件和自由，但藏传佛教、伊斯兰教都提不起他的兴趣，在他苦苦的求索中，代表西方文明的基督教如一缕清风吹入他的心田，基督教的烈焰在他的心中熊熊燃烧。

周肇南这位敢为天下先的中国传统知识分子，不仅把基督教信仰扎根于自己的心中，而且把这一西方文明根植于古老的洮州大地。基督教以其强劲的生命力和开拓性，像鲜花一样盛开在等待福音的人的心中，著名学者余秋雨先生在评价徐光启时说："开通、好学、随和、机灵，传统文化也学得全，社会现实也周旋得开，却把心灵的门户向着世界文明洞开，将不久前还十分陌生的新知识吸纳进来，并自然而然地汇入人生。"周肇南何尝不是如此呢？

周肇南成了一位虔诚的基督教信士，在身体和心灵上进行了一次全新的洗礼，他不仅改变了自己的人生轨迹，也让生活在古老的洮州大地上的人们，特别是汉族士绅在文化和精神上发生了一次剧烈的嬗变。旧城的大姓家族在对待传统和新来文化上一分为二，阵营泾渭分明，王姓家族、牛姓家族、夏姓家族、李姓家族等都一分为二，信仰基督教的人，无论是父子关系还是弟兄关系，纷纷从原有的家族的传统信仰中分离出来，走进了自己选择的信仰乐园。周肇南家族更是概莫能外。

周肇南弟兄三人，老大周肇华保持了洮州地区汉族的传统信仰；老三周肇林改奉了伊斯兰教；排行老二的周肇南接受了基督教信仰。

2004年笔者陪同兰州大学社会学教授调查临潭基督教情况时，从周肇南的后代处看到了周氏三兄弟和其父亲的合影照。照片是改革开放后，美国传教士的后人从美国翻拍后带来的。这幅照片与普通的全家福合影照绝无二致，清一色的瓜皮帽，对襟长衫，看不出他们在文化和信仰上的差别；但它是在普通外表掩盖下的三种文化，在一个大家庭的和谐与共存，是中华母体上盛开的三种文明之花。1937年，即民国二十六年四月，到临潭考察的著名历史学家顾颉刚，在阳坝古城周家看到这一现象时，就大加赞赏"周家有一特殊之点，其兄弟叔侄各崇一教，或儒或耶或回，信仰自由，互不排抵，可谓美谈。此种理想风度，在西北大应提倡"（《西北考察日记》）。

周肇南去世已经八十多年了，他就安息在洮河环绕的古羊巴城下，物是人非，沧海桑田，但历史不会在岁月的流逝中被人们淡忘，一首记述周氏一门文化变迁的洮州花儿至今传唱：

洮州城里周贡生，
一门出了三教人。
二哥要当洋人呢，
害怕以后不成呢；
三哥要当回民呢，
希望以后平定呢；
大哥原当汉家呢，
害怕先人的门门儿填下（hà）呢。

冯阴阳的葬礼

冯阴阳是临潭长川乡千家寨的一名阴阳。临潭人将道教的宗教职业者称为阴阳。我曾问过一位何姓的阴阳先生，他十分肯定地说，他们就是道教的道士。在临潭民间阴阳先生担负着婚丧嫁娶的吉辰择时，丧礼中的祭祀以及阴宅阳宅的踏勘选定等。

2017年农历八月十五日，友人传消息说千家寨的冯阴阳作古，其家中举行完备的葬礼祭仪。这是一次记录汉族葬仪葬礼民俗文化的绝好机遇，由于有熟人引荐，我们对冯阴阳丧事祭祀场面的拍摄进行得十分顺畅。许多村民包括丧家对我们热情周到。

冯阴阳，讳冯元，享年六十八岁，是长川一沟沟乃至临潭上西路著名的阴阳先生，去世于2017年农历八月十二日。之前冯阴阳我们早就认识，十多年前中山大学博士后阙岳女士前往千家寨村田野调研，去的正是冯阴阳家。其时冯阴阳正当壮年，精力旺盛，为人热情，很是健谈。他为我们介绍了千家寨堡子的情况以及回民阿爷为千家寨青苗十八会当提领的事迹。尊重不同宗教信仰，重视民族团结之热情溢于言表。

千家寨坐落于长川沟中端，上端是长川政府驻地长川村，下端是敏家咀村，千家寨因千家寨古堡而闻名。是明洪武十二年（1379）随沐英西征，任洮州卫指挥敛事敏大镛的千户寨。堡城已经六百多年，虽有损毁，但保存基本完好。千家寨是一个大村，村民基本都是汉族，其中有回族八九户，另有清真寺一座，回汉和睦相处，共同生活在这个地方。

2017年10月5日，也就是中秋节下午5点多，我们一行四人赶到千家寨。在落日的余晖中，乡邻们在堡前的广场上，为冯阴阳的葬仪之一“跑城破狱”做着准备。

《洮州厅志》云：“洮州民俗纯和朴素，畏威而远影，盖列圣之德化人至深。”洮州之习俗对婚丧嫁娶十分重视，由于临潭汉族主要是明初江淮移民的后裔，他们不仅在丧葬之礼中将儒释道三教融入其中，而且将藏传佛教也纳入仪式之中。冯阴阳本属道门，应以道家之礼为重，但其丧礼依然遵守约定俗成，未有逾越。

冯阴阳去世之后，经道家掐煞，由释家收魂，据乡邻说，丧家备了礼金，前往卓尼禅定寺，由藏传佛教高僧收魂。

一、跑城破狱

“跑城破狱”是道家丧葬礼中重要的祭祀仪式之一。冯阴阳葬礼的“跑城破狱”，是在2017年10月5日即中秋节的下午6点多进行的，我们是5点多赶到千家寨的，在千家寨堡城西的广场上，已用白灰和红土勾勒出一座方城的平面图，东南西北四个城门和城中心各放黑瓷碗一个。跑城开始，由一名道士手执招魂幡在前带领，其余三名道士紧随其后，亡人的孝子贤孙依次排队，在鼓号声和诵经声中在方城平面图外，奔走太极阴阳图形。完成跑城仪式后，有主祭阴阳站立诵经，依次用铁剑打破城四门和中心的黑碗，跑城破狱仪式即告完成，意味着一定区域内的亡魂已从地狱中救出，并全部召请到丧家，本来跑城破狱时要搭台设宴，但由于时间太紧，舍去了这道工序。

二、抻蘸布

“跑城破狱”完成时已到晚上7点多，随即在寨堡西门口设祭，阴阳站立上方诵经，在放祭品的供桌与阴阳之间，抻起一条长白布，称为“抻蘸布”或“桥布”，搭成了一条连接阴阳两界的桥梁，将自家亲人的亡魂召请到家中。丧家的亲属围跪在蘸布的四周，恭迎仙逝的亲人。在木鱼、钹鼓号声和经文吟诵中，招魂幡轻拂蘸布，以阻止各路孤魂野鬼争抢祭品，干扰丧家亲人的归家之路。

三、接祖先和转献碗

接祖先和转献碗是儒家的重要丧礼祭祀，这是冯阴阳出殡当日即2017年10月6日下午要进行的。冯氏家族中的两个男子从供奉冯氏祖先的人家中，将祖先恭恭敬敬地请到丧家，由先生执笔将亡者姓名续写于祖先序谱之上，此后转献碗开始。就是将准备好的全桌献碗干果鸡羊鱼肉祭品等大碗十二、小碗十二加上羹汤共十三样，称为十三华筵，在两位先生的主持下依次由孝男孝女转进灵堂，以供亡人享用。

四、请护施与十步忏

转献碗仪式结束，四位阴阳先生即刻入位在灵堂前诵念《十步籖经》，十步忏是道家丧礼中很重要的祭礼，一般人家只能念到三步，而冯家则念完了十步。其间在城外邻家请了护施。护施则是事先捏好（塑成）的塑像神，据说护施有一百多种，丧家则按家庭情况而定数量，冯家共请了三位护施，三名孝子怀抱护施，由阴阳和吹鼓手陪护，在鼓手和诵经声中请回家中，供于桌上，然后在灵位前搭台筑坛，三名道士登坛诵经，抻起蘸布，主祭阴阳边念经边抛撒谷物，招魂幡轻拂，阻止旁杂亡魂抢登蘸布，以便让本家亡者之魂顺畅进入，让亡者享用阳世的最后一顿餐饮。

五、望门纸　孝纸　福纸

冯阴阳家的望门纸很有特色，除普遍使用的八吊穗、六道箍外，其顶扎成形象的鹤首，寓驾鹤西行之意。

由于冯家是道门世家，又加亡者本身就是阴阳，其长子在父生前就继承了衣钵，家学传承，故冯阴阳的葬礼行的都是道家大礼，尤其是筑坛设醮之仪，很多年难得见一回。许多中年以上的乡邻都说他们此生是第一回见此盛礼，更何况青年人。因此近三年内有亡故者的乡邻，纷纷来为自己亡故的亲人捎带“孝纸”和“福纸”。

“孝纸”和“福纸”，糊成大信封状或邮包状。内装烧纸谷物等，由阴阳先生写上亡者名谥，燃香供奉，后又置放于醮布下两侧，待本丧家发灵前，按坟茔方位焚烧于路口，以示将其捎给彼岸的亲人。“孝纸”和“福纸”其实是一回事，男送的称“孝纸”，女送的称“福纸”。打个比方，“孝纸”和“福纸”犹如过去的邮政包裹，如今的快递，托运到彼岸世界，送达自己的亲人。

六、煨寒绫　发灵　路祭

烧寒绫是所有的祭礼完成后，发灵前的最后一道礼仪，冯阴阳发灵时已近晚上7点，烧寒绫大约是在晚上6点半，在城堡西侧大路口进行，将丧家及灵堂所用纸火和祭品等一应俱全，在阴阳的诵经声和吹鼓手的鼓号声中全部烧掉。寓示请到的全部亡魂（尤其是非正常死亡的，如上吊自刎、跳水、被害）可在此时争抢食用，然后返回阴间等待转世（即六道轮回）。

暮色已降，发灵开始，灵柩到达南城门时设了“路祭”，路祭是由女婿和外甥、内侄等在路上所设的“祭仪”。路祭由先生主持并诵读祭文，其文称为饯章，就是饯行之意，表达了设祭者的悲痛之情，追忆亡者生前对其的关爱和设祭者表达对亡者的永思和怀念之情。路祭结束，冯阴阳的灵柩渐行渐远，消失在茫茫的夜色中。

七、葬祭中的阴阳

冯阴阳的葬礼上共请了四位阴阳，主祭阴阳是临潭陈旗村谢家坪的何师，他和冯阴阳是同行，又是“连手”和搭档，亦师亦友，何师正当壮年，道学知识丰富，道场技艺和程序娴熟，为人和善……由于为同门同行的冯阴阳诵经祭祀，又是受自己今后的同行搭档——冯阴阳的继承人长子之邀而干道场，所以每个环节都是尽心尽力一丝不苟。

中国的汉族非常重视事亲，正如从《礼记》所云：“孝子之事，亲也有三道焉，生则养，没则丧，丧之必祭。养则观其顺，丧则观其哀，祭则观其敬也。敬此三道者孝子之行也。”对父母生前的尽心侍奉与死后的悲痛葬礼、完备的祭祀构成了最核心的孝道。从冯阴阳的葬礼上我们见证了《礼记》的事亲之要义。

白土坡的纸马舞与白土坡的神

纸马舞，是流行于临潭北路羊沙乡区域内大多数村庄，东路石门乡部分村庄的正月娱神活动。活动时间在新年之后的正月初六至十六日。《洮州厅志·风俗》有“北乡民亦有纸马之戏”的记载。

《洮州民俗风情大观》详细记述了纸马舞的表演盛况。

“石门乡的扎浪沟村，羊沙乡秋峪乡的秋峪、浪古等村，每年正月初六晚起，演出纸马舞，至正月十六结束。演出人员不限，但必须两两成对，演员装扮成武士模样，穿战袍，跨竹篾扎成的战马。一手勒缰，一手挥旗排成各种阵势（即队形变化），配以铿锵的打击乐和嘹亮的号角，在‘马头儿’（手持灯笼的领舞者）指挥下，连唱带跳，忽快忽慢，动静结合，变幻无常。动时杀气腾腾，静时醉卧沙场。表现了一幅古代两军对垒，奋勇拼杀的画面。‘纸马舞’不但队列变化复杂，出场角色各异，而且唱词内容广泛，唱腔多达十余调，很能表现古代征战的盛大场面和高昂气势。”

正是由于纸马舞，在临潭正月社火形式中表演内容的独特性，以及阵容壮观，场面宏大，远近闻名。一睹它的风姿就成了我们正月里的一种夙愿。

2018年2月24日，也就是农历的正月十二日，终于成行了，县广电局的丁志胜副局长与羊沙乡秋峪村村委会联系协商，邀请我们前往拍照摄像。

24日一大早，我们便从县城驱车出发，赶往羊沙的秋峪村，经过几十公里崎岖的山路，从羊沙乡甘沟村向北进沟，于下午两点多赶到了秋峪村。秋峪村是羊沙乡的一个行政村，村委会设在该村。从甘沟到秋峪要翻一座山，二十多公里都是平坦的水泥路。秋峪村就坐落在半山上，到庄中心一问，才知道纸马舞在秋峪村的白土坡自然村，秋峪的正月社火主要是唱戏。我们便从秋峪村返回，向西入另一山沟，朝白土坡村进发。

羊沙乡处于林区峡谷地带，山大谷深石头多，群众对甘沟一带的地形有“一沟十八岔，二十四个簸箕塆”的描述。而秋峪村就处在羊沙乡的东北部，山更大，沟更深，石更多，路更难。秋峪村下辖秋峪、白土坡、冈嘎山、浪古上下庄、固柱、固那等自然村。

这些自然村除白土坡是汉语命名外，其余均为藏语称谓。冈嘎山藏语意为“雪山”，浪古是藏语“拉苟”的转音，拉是长坡，苟是头或顶的意思，意即风口上的（或坡顶上的）村庄。固柱固那二庄的庄名在1982年编《临潭地名志》中标为“不清待考”。但经请教精通藏语的敏生贵老师，他认为固柱是藏语沟口子上的庄，固那是藏语沟里面的庄。我们认为他的说法很有道理，固柱庄正好处在九甸峡沟口，它的对面就是包舍口。此处正是从南进入九甸峡的起点。现在这两个庄的村民已经搬迁，庄址淹没在洮河九甸峡库区中。

秋峪处在几个自然村的中心地带，浪古上下庄，固柱固那自然村在其东，冈嘎、白土坡二自然村在其西。当我们从秋峪村行进至白土坡村的山脚下时，恰好秋峪行政村的陈富平主任，从白土坡家中迎了下来。

白土坡自然村在秋峪村西沟的半山上，走白土坡全是土沙路，坑坑洼洼。入白土坡村，必须上一段近百米的陡坡沙路。由于水毁失修，汽车加足油门才能勉强上去。我们的车就在半坡上熄火了，幸亏坐车的村文书和丁志胜下车用石头垫住后轮，重新启动，才得以上坡入庄。入庄的路只有一辆小车勉强通过，整个村庄用地无三尺平来形容再合适不过了。但整个村庄，古色古香，基本保留了洮州传统民居的特色。据陈富平主任介绍，此古寨已有五百多年的历史，该庄居民原有一百三十多户，近七百人。2011年移民后，现有七十八户，近四百人。居民以陈姓和马姓为主。孙姓有十来户，王姓三户。陈家是当地大姓，以白土坡为中心，分布于冈嘎山秋峪等庄。当地马姓同姓不同宗，有大马家和小马家之分。

陈富平主任身兼三职，秋峪行政村主任、莲花山林管区的职工、当地青庙会的会长，陈主任年富力强，身材魁梧，今年正月的社火会在他的操办下红红火火，不但置办了新服装，而且还请来了临夏的师傅，教授了秧歌中的扇子舞。新服装、新内容再加上传统的纸马舞，今年白土坡的社火，非往昔可比，整个山庄的正月热闹非凡。

白土坡村地处偏僻，山大沟深，村民们听说我们来拍摄他们的纸马舞，便聚集在村头巷尾，对我们的到来表现出极高的热情。晚上拍摄对我们来说是很大的挑战，为了使我们的拍摄取得好效果，会事主管陈富平主任打破传统，破例在白天进行了表演，在我们小憩之后，震天的号角、锣鼓已敲响整个村庄。白土坡的纸马共十匹五对，十个武士装扮的将军骑着战马，在马头和马夫的带领下，已等候在村子南角。随着锣鼓的节奏，排队从庄南向北，鱼贯而行，前往表演场地——庄中的一块空旷之地集中。表演开始，战马依次成队，排兵布阵，合纵式、分列式，交相更替，有时缓缓绕场而行，有时狼奔豕突，战马嘶鸣，驰骋沙场，有时排为两队，听候主帅命令。整个纸马舞恰如其分地表演了一出疆场厮杀的战斗场面。

在整个纸马舞中，纸马的行动都是在马头的号令下纵横捭阖，而马夫则背着竹背篼儿，拿着笊篱，又是赶马，又是捡拾马粪，做出各种滑稽的动作，表演饶有趣味。整个纸马舞中，两位长者带领马队齐唱社火小调《九九歌》《黄飞虎领兵》《喜旧年》《十个字》等。纸马舞表演结束后，演出的是具有临夏风味的秧歌扇子舞。

下午的表演结束了，家家户户升起了袅袅炊烟，整个村庄在夕阳的映辉下，静谧安详，到处飘散着农家的饭香。

晚上是纸马舞的正式表演，场上灯火通明，锣鼓手就位。其表演亦如白天的预演，不同的是在马头中点上蜡烛，栩栩如生的纸马通体光明，茫茫黑夜中，纸马双目闪烁，恰如给纸马赋予了灵魂。驭马将军更加魁梧雄壮，充满了神秘气氛。火树银花，纸马舞动山乡，鼓号阵阵，战马嘶鸣。整个村庄犹如排兵布阵的沙场。

晚上住在陈富平主任的家里，他八十六岁的老父亲王佐财，一位1948年参军，当过汽车兵，剿过匪，转业后在临潭县委，后又在莲花山林管区工作的离休老革命，为我们介绍了白土村和纸马舞的情况。

白土坡最早是“鞑子”（蒙古人）坐的地方，村南是被称为“拓跋山”的林地。“拓跋”一词疑似西夏党项语。它又是“茶马古道”的必经之地。洮州地区的人，从新城走兰州时，是翻长岭坡、到羊沙，从旧城走兰州时翻长川大沟山，过恰盖到羊沙，再从甘沟到白土坡到莲花山，过渭源的峡城北上到兰州，从白土坡到莲花山步行大约有两个小时的路程。

关于纸马舞的起源，当地村民们普遍相信一个神话传说，白土坡人崇信的神有四位：常爷（常遇春）、成爷（成世疆）、同治爷（郭英）、达老爷，当地人称为“同伴四人”。与临潭西路太平寨、白土、草岔沟人崇信的龙神康茂才、常遇春、李文忠“同伴三人”相对应。白土坡村民当初为敬四位神祇，在正月唱戏以尽神事，而白土坡的庙神，附体于一个僧人，借口传言，“我们四位神本身就是带兵打仗的武将，我们不喜欢唱戏，四位神灵一致要求在正月新年后跑马”。自此白土坡村民就按神的要求扎纸马，确定在正月新年后以跑纸马为神事活动，求神灵保佑当地百姓风调雨顺，平安吉庆。据传有一年正月的晚上，白土坡村民正在进行跑马活动，从西平梁柏木嘴来了一队山匪，这批匪徒从远处看到红马、红人、红将军在场里排兵布阵，选兵比武，山匪一看阵势，未敢进村，白土坡村民躲过一劫。村民们认为这是四位神显灵，经此白土坡的村民们对纸马舞的神圣性更加确信无疑。

娱神，其实就是娱人，神事就是人事，白土坡村民崇拜的神佛“同伴四人”，其中两位有名有姓，他们是明初开国元勋常遇春、郭英，常遇春是明洪武建朝后的天下兵马副大元帅，青年将领郭英在明军攻取元洮州铁城中立首功，是洮州十八位龙神中的第二位。成世疆是临潭县羊沙乡甘沟村成姓始祖，元末明初从南京迁徙来到甘沟村居住，明洪武十二年（1379），洮州番族反明，平西将军沐英到洮平叛，成投沐英麾下，后在征伐回乡途中被盗匪戕害于陇南的“邓邓桥”，其坐骑一匹白马回乡报信，家人始知主人遇害。后白马拒食而亡。乡人感其忠义，在甘沟村西建有白马坟。成遇害后也被封为洮州十八位龙神之一，乡民称为“白马爷”。而第四位达（鞑）老爷则让人有点费解，洮州十八龙神中亦无此神。冶力关画匠康建明解释，成世疆弟兄二人，其名为世疆、世伟。达（鞑）老爷即指成世疆的弟兄成世伟。甘沟村年龄最大的成进忠老人（冶力关法庭原庭长）则说，没有听过成世疆有弟兄之说。他认为达老爷就是“鞑老爷”，是元朝的蒙古人官员，归附明朝之人。意思是鞑子爷。

如果按成进忠的说法，达老爷是元朝归明的当地蒙古人官员，查《洮州厅志》，元朝在洮州有据可查的“达鲁花赤”有两个，一个是虎舍那藏卜“元时任洮州达鲁花赤。明洪武三年（1370）率署归附”；另一个是王星吉巴“原籍岷州闾井人，元吐蕃宣慰司副使，兼管闾井千户所职事达鲁花赤。洪武三年三月归附，授百户职，委梅川守御，从征瘿嗉子、朵儿只族、哈龙三副使、搭鱼沟、叠州，筑洮城。征着思巴，取羊撒、黑石嘴、阿卜笼、罕冬、盐海子、七站、哈笼等处，皆授世袭百户”。按此，“达老爷”是否为“达鲁花赤老爷”的简称，亦或是“达鲁爷”的转音。达老爷是不是虎舍那藏卜，或者是王星吉巴，我们却不得而知，仅是猜测而已。但从王星吉巴简介中可知，其征战地有“羊撒”即今羊沙，东路的黑石嘴，也就是崇鞑老爷为神的流行区。

鞑老爷或鞑子三郎爷，在白土坡之外的临潭部分乡村还有供奉。羊永乡拉布村的一师公子家中供的神就是元鞑子，并称鞑子三郎。据王淑英2009年调查，“冶力关这块儿的家神主要是元朝的，有鞑子大朗、鞑子二郎、鞑子三郎、鞑子四郎、鞑子五郎”。新城东南沟村的村神是鞑子三郎，传说是蒙古人，元鞑子统治时期，每个村庄都派了一个蒙古人，他们村子的元鞑子叫“鞑子三郎”。该人暴虐残酷，所有铁器农具生活用品归其统一管理，百姓劳作绑缚前行，男童从小割去左大拇指，以防开弓拉箭，反抗元人。村中青年结婚，新婚初夜权归鞑子三郎。村中人不堪压迫，在腊月以过新年割肉为由，向鞑子三郎借刀并杀了他。至今洮州有“杀了鞑靼过年呢，要老子的干命呢”的俗语。鞑子三郎虽然死了，但其阴魂不散，每到夜晚游走于村中，使村民不敢出门，于是村民们将其立为村神，求其不再祸害村民。每年端午节宰两只羊祭拜鞑子三郎。鞑子三郎家神爷的说法，在甘肃南部各县广泛流传，马根全在2013年的硕士论文中记载：“临洮县南屏镇靳家坪、靳家泉一带亦供奉鞑子三郎……我们的家神也就分别是鞑子大朗、鞑子二郎、鞑子三郎。”网上有2018年2月11日发布的“闫家场李门殿上鞑子三郎爷·汪世爷家神·驾祥云甘谷武家河打教传神扇鼓羊皮鼓2018”的一段视频，可看出甘谷闫家场李门殿上一带，把鞑子三郎称汪世爷。按此推似乎与漳县汪氏家族金元时期的汪世显有关。汪世显（1195—1243），金朝及蒙古国大臣，字仲明，巩昌盐川镇（今甘肃漳县）人。系出汪古族，遂以汪为氏。原仕金，历同知平凉府事、陇州防御使、巩昌府治中、同知。与巩昌府总帅完颜仲德共拒蒙古军。金开兴元年（1232），代为巩昌府便宜总帅。天兴三年（1234），金亡，据地自守。蒙古窝阔台汗七年（1235），归降蒙古，仍守原职。十一年（1239），破开州。十二年（1240），攻重庆。十三年（1241），从阔端攻成都，杀宋蜀帅陈隆之。乃马真后称制二年（1243），为便宜都总帅，领秦、巩等二十余州事。中统三年（1262），追封陇西公，谥义武。延祐七年（1320），加封陇右王。汪世显有七个儿子，个个官职显赫，他们依次为：忠臣，便宜副总帅，封陇西公；德臣，袭便宜都总帅，封陇西公，谥“忠烈”，加封陇右王；直臣，巩昌中路都总领、四川等处大夫，殁于王事，追封平阳伯；良臣，驸马都尉、中书左丞、四川等处行中书省平章政事，赠仪同三司，谥“忠惠”，加赠推诚保德宣力功臣、仪同三司、陕西等行中书省平章政事、上柱国，追封梁国公；翰臣，奥鲁兵马都元帅，追封陇西公，谥“襄毅”；佐臣，巩昌右翼都总领，至正十九年（1359）战死；清臣四川枢密院副使，封陇西公，谥“忠敏”。汪世显本人曾因功“统领秦、巩、定西、金（今榆中）、兰、洮（今临洮）、会（今会宁）、环、陇、庆阳、平凉、德顺（今隆德）、镇戎（今固原）、原（今镇原）、阶（今武都）、成、岷、叠（今迭部）、西和等二十余府州”。汪世显按汪氏辈分为六十六世，其后七十四世汪钊，字克明，于明弘治九年（1496）任洮州卫军民指挥使司。按王淑英的调查和马根全硕士论文，无论临潭还是临洮、甘谷，供奉的“鞑老爷”“鞑子三郎”村神、家神，似乎与汪世显家族有着千丝万缕的联系。

白土坡村，陈姓人和马姓人都建有祠堂（家神），陈姓人的陈财殿家神为白马显神；大马家祠堂中供奉的家神是羊头参将。在马姓人家中，我们目睹了羊头参将的神像。羊头参将又称羊头将军或羊四将军。

羊头人身将军的传说在张掖、武威盛行，明清时期两地遍布“羊童庙”，“神像羊首人身”。而在洮州民间，其故事又有其地方特征，有人说羊头将军是洮州十八龙神之一的羊四将军韩成；临潭三岔乡一带群众坚称，羊头将军就是北宋抗辽名将杨业四子杨四郎，杨四郎与潘仁美在黑松岭恶战中，被砍掉头颅后安上羊头继续作战，直至全胜，而后成神。临潭冶力关一带则认为，羊头将军是成世疆，其在“邓邓桥”与匪徒作战时，被砍头而换上羊头，后被敕封为“赤沙广济都大龙王”。人称“羊四将军”。尤其在古战、阿子滩、古战川一带、北路三乡、东路各乡更是家喻户晓，老小皆知，而且还成为很多人家的家神。据说，羊四将军与来犯的蒙古军血战于牛头城或古战堡，羊四将军在混战中被敌军砍掉头颅，随手在地下摸了一颗羊头安在自己的项上继续战斗，后口渴难耐跑到古战北面，大墩山下包家寺西的轿轿儿湾石洞泉中喝水，在清澈的泉水中看到匆忙之中把一个羊头安在了自己项上，愤而气绝。后来人们就将其称为羊头将军。当地人们还认为羊头将军就葬在轿轿儿湾。2015年在编修《政协志》时，时任政协主席牛汝霖邀请我们编修人员去轿轿儿湾旅游点踏青时，观看了今人在包家寺村北堆砌的羊头将军的坟堆。而且在坟堆旁还有疑似盗墓者挖掘的盗洞。考察历史，前两说似乎难以成立。但后一说从羊头将军或羊头参将的军职与鞑子蒙古人作战这一线索考察，据《中国通史》载：“一五九〇年六月，真相、火落赤等率四千骑攻入明境，围攻旧洮堡古尔战堡，明兵来战，蒙军四散，明岷洮副总兵分兵追逐，陷伏身亡，把总、千总以下多人战死。”《洮州厅志》载：“李联芳，字南园，山西洵阳人，忠勇有胆略……（万历）十八年，青海酋浩尔齐犯边……已而进围旧洮城，联芳迎击战殁。”万历十八年(1590)，青海蒙古火落赤部落，进犯洮州，围攻古战堡，洮岷协副总兵李联芳战死，“洮州卫明原设守备，后改参将，后又改副总兵”。李联芳既可称参将，又可称副总兵。从白土坡大马家《羊头参将神像》看，羊头参将是一个身披明军战甲、头盔帽缨飘起的明朝将军，而非人们传说中的人身羊头，其参将身份也与李联芳官职相符，当然李联芳是否为羊头参将的原型，还有待考证。

作为娱神形式的纸马舞，全国各地都有流行，特别是广西、广东、云贵高原的很多地区特别盛行，起源说也各有不同。那么洮州地区纸马舞的起源是什么呢？带着这个疑问，我们路过甘沟村，参观成家祠堂时，顺便请教了成进忠老人。甘沟村是成世疆的老家，也是临潭成姓人的集中住地。祠堂中十匹纸马静卧于房檐下。成进忠老人说，其始祖成爷成世疆原居地应天府贮丝巷有跑马和纸马舞的传统，共有五队十匹。到洮州后保留了这一传统形式，成爷战死后，有感于成爷坐骑白马的忠义，跑纸马就成了这一带纪念白马的重要仪式。即便是乱世年间的颠沛流离中，纸马舞也未曾中断过。联想到石门乡境内的拉尕城、查狼沟、卓尼县恰盖乡的八达等村及凡是崇信成世疆为神明的村庄，都有正月跑纸马的活动，成进忠老人的说法应是可信的。作为民俗文化的纸马舞，民间信仰的龙神、家神、村神，与其他形式的民俗文化一样，积淀承载了丰厚的地方文化，业已成为我们研究地方历史文化的新门径。

岷州旧事

2012年8月，岷县丁仲明托卓尼县申藏乡甘藏寺开学丁维仲阿訇，带来他的新作《岷县回族事略》，并请丁阿訇传言，让我给写一点读后感。我与丁仲明先生素昧平生，拜读大作，盛情难却，更有从父亲的耳提面命中，对岷县产生的一种莫名情感，就有了想说一点岷县事情的冲动，所以把从家父那里听到的有关岷县旧事记录成了这篇文字。

家父马希融，经名赛里木，1928年生人，现已九十岁整。他一直教导：岷县是我们的第二故乡，岷县的汉回人民有恩于洮州的难民，我们应永远铭记。

我的家族原籍是临洮城内北关人。清同治初“河湟事变”时，逃到临潭旧城居住，当时一起逃到临潭的还有临洮八家埠的马姓、王姓、闫姓等。我祖父的父母亲在那次事件中已经遇难，当时是我父亲的太祖母—— 一个风烛残年的小脚女人，由她族内已成年的孙子背着，带着她的三个孙子绕道康乐，于1886年来到旧城的。我的祖父弟兄三人，祖父排行老三，小名义娃，大名马顺，晚年人们尊称义娃阿爷，1969年去世，享年八十三岁，是闻名遐迩的骨科大夫。我父亲弟兄二人，伯父马希珍，是临潭著名的书法家。

民国十八年，即1929年，这是一个全民恐怖的年代，也是一段血雨腥风的岁月，新的“河湟事变”发生。临夏尕司令马仲英过境袭扰卓尼，临潭马尕喜顺倡乱贻害地方，冯玉祥国民军肆意镇压滥杀无辜，事变前我的家族由祖父带领他的两个侄子，即我的两个堂伯父马辅城、马希祖兄弟两家，与二十八户良民随西道堂从达子沟出逃，过洮河玉古儿渡口进入车巴沟藏区。

在贡巴寺休整几天后，有一天旧城万镒亨字号陕西曹掌柜，给我祖父传话，要赶快逃生。我祖父三家与西道堂分手，翻江牙卡逃往碌曲双岔。在双岔祖父与侄子即我的堂伯父马希祖走村串户，做点小生意维持生计。两年后旧城趋于平静，便于民国二十年（1931）由上庄回到旧城。那时旧城刚历劫难，残垣断壁，一片焦土，无法生存。就在走投无路、过不下去的时候，祖父的生意交往，岷县的汉族铸匠大蒋师伸出了援手。

大蒋师世居水磨沟蒋家旮旯儿，世代以铜器铸造为业。早在民国十八年（1929）前就与我的祖父有铜器上的生意往来，而且两家关系密切。大蒋师闻听到洮州劫难，一直打听我家的下落。此时听说我祖父已回到旧城，便不顾自身安危，只身来到旧城，看望他的老交往。他目睹旧城的惨状和祖父一家的艰辛，以及随时都有性命之虞的危境，便将我祖父和堂伯父马希祖两家人接到岷县水磨沟蒋家旮旯儿，安顿在他们家居住。据家父回忆，大蒋师的儿子叫蒋天喜，长得非常英俊聪慧，性格善良。此时家父已近四岁，伯父马希珍九岁，与大蒋师的儿子结为伙伴。

在蒋家旮旯儿生活两个月后，由大蒋师资助，我的祖父和堂伯父在岷县南关口租借了赵家酒坊的楼和铺面，开始了做糖果儿的营生。楼上是糖果儿作坊和铺面，楼下是蒋家所铸铜锅的仓库。一直到民国二十五年（1936），生意一步步兴盛，积累了一点财富，日子也一天一天好了起来。

可是人生无常，世事难料。1936年8月，红四方面军长征到达岷县，驻守岷县的国民党新编十四师师长鲁大昌，为了保住岷县城，大搞坚壁清野，一把大火烧毁了岷县南关及靠城墙的所有民房建筑，几年的艰辛付之一炬，祖父的商铺亦未能幸免，商铺中大蒋师家的铜锅烧熔成铜疙瘩，事后大蒋师又背回蒋家旮旯儿，重新熔铸。我家房屋没了，货物没了，一夜之间一贫如洗。

那是民国二十五年（1936）古历六月二十四日，鲁大昌的这一把火，让许多无辜的百姓失去家园，流离失所，我祖父带着一家人和在赵家酒坊院内居住的几家洮州难民（其中有后来成为国大代表的高峻峰一家，旧城玉顺马先生一家，新城马国章、马翰臣、丁哈拜尔、折家等几家人），逃到离岷县城十多里的寺儿上，时过后晌，大雨如注，他们在寺儿上清真大寺的大殿檐下避雨。天近昏暗他们恳求寺管，想在清真寺的大殿檐下过一夜，但未得允准，无奈之下的几家人，只好趁大雨稍停，尚能分清路的间隙，沿着泥泞的山路，赶到大卧龙对面半山上的杨家堡子投宿。俗语“大小卧龙墩背后，翻过梁梁儿罗家沟”。

天无绝人之路，却碰上了与父亲舅父家有生意来往的张家，即岷县有名的商号“积庆公”张掌柜家。我祖父针对自己的状况，用一句岷县俗语开玩笑说：“张谎把楼拆了，岷县城里的雀儿没窝了。”张家人说他们正是张谎的后代。杨家堡子的张家热情地接待了这些无家可归的洮州难民，把他们安排在自家的后院，地里的洋芋，柜里的青稞、麦子任由他们无偿食用。张家给了他们无私的帮助，在杨家堡子一住就是两个来月。岷县城已了无牵挂，生存难以为继，后又在北小路住了几天，在万般无奈的情况下，祖父只好带着一家人返回了临潭旧城，在自家的废墟上又开始了艰辛的创业。父亲说要不是鲁大昌的那一把火，我们就不回旧城，在岷县扎根了。

民国十八年（1929），岷县人民以其宽阔无私的胸怀，接纳了劫后余生、流离失所的临潭难民。岷县著名阿訇闫振华，即折米里阿訇原是临潭旧城古城村人，在那次的事件中全家遇难，年幼的他成为孤儿，是岷县西尼沟（现属卓尼）的一户藏族人家（一说是西尼沟一小土司家，一说是一小头人家）收留抚养了他。他和我父亲年龄相仿，闫阿訇在五六岁时，由高峻峰、我的祖父、王老三出面领回，因旧城闫家和我们家、王家都是临洮人，王老三又是闫家的外姥家。据我父亲回忆，那天一个中年藏族妇女，把年幼的折米里领到我们在赵家酒坊的家里，那个藏民妇女一句话不说，叫坐不坐，靠在大柜上一直拉着折米里的手哭个不停。最后那个藏族妇女恋恋不舍地回去时，我祖父给她送了一版津染丝布。后来在岷县开学的临潭长川人大学阿訇丁振邦收留了他，成年后招赘为婿，他也被培养成名震一方的著名的折米里阿訇。大学阿訇收留过两个人，一个是折米里，一个是叫有素的人。有素是个白眼狼，新中国成立后，大学阿訇遭到迫害时，这个人就对大学阿訇狠下毒手，扬言“爷翻身做主了”。后来该人境遇凄惨，得到他应得的下场。

岷县的汉族绅士李贵悟、孟树桂尽自己的所能帮助这些难民，给他们无微不至的关怀。鲁大昌也隔三差五到清真寺或南关回民小学看望慰问这些难民。

孟树桂孟老爷，岷县著名的书法家，一生以教学为业。他的私塾秉承有教无类的宗旨，广收回汉子弟，免费招收临潭难民学生。新城的丁正甲、马世雄、马世俊、我的伯父马希珍等十余人就出自他的门下。后来在兰州上大学时成为中共地下党员，新中国成立后任武都专区民族宗教局局长，被胡风称为“甘肃两个半诗人”之一的马义宾，也是他的入室弟子。有次，孟先生上课时放了一个屁，与我伯父同学的龚家堡子龚汉章笑了一下，孟先生高声说：“屁者辟也，五谷杂粮之气也，你笑啥着呢。”每当有人向孟先生求字或题写匾额时，须有好酒一壶，小醉微醺时，一挥而就。

国大代表高峻峰的外孙子出生后，高国大特请孟先生为之取名。我的忘年交高发奎老人曾发感慨地对我说，孟老爷给我取的名字，让我一生受批判着出来了，原因是国民党军队有个高官叫张发奎，我与他同名。孟先生一直为岷县回族的教育忧心忡忡，他常对临潭人说：“你们临潭回民拶的很，遭了这么大的难，还送子女上学，我们岷县的回族有你们临潭回族的一点也就成了。我常给他们说，家有三个儿子，一个念上些经，一个念上些书，一个把羊羔儿宰去，那啥事情都成着呢，可他们就是不听。”

临潭的老辈人经常说，民国十八年（1929）我们临潭逃亡临夏的难民，遭同族同教人的欺负排挤，在河州没有站住脚，一上庄就遭到灭顶之灾，而逃到岷县的却家全人全。岷县人民给恐怖时期的临潭回族难民以无与伦比的精神慰藉和物质援助，他们在岷县渡过了难关，他们在岷县成家立业，成为地道的岷县人。岷县的南川是临潭难民的集聚地，现在的南川回民，就是当年临潭难民的后裔。

民国时期，岷县的压县绅士李贵悟与高峻峰建立了深厚的友谊，高峻峰俗称高国大，1946年以青年党元老的身份当选国民代表大会的代表，是鲁大昌的幕僚和座上宾。高为人仗义疏财，善交际有远见。据说有相面先生观其面后呼其为“官见喜”，即当官的无论大小见了他都会喜爱。早年在重庆做生意时接济过落魄的张群，一生和川西军阀邓锡侯交往甚密，四川军阀刘文辉拜其为义父。青年党党魁曾琦称其为高老。国大会议权力分配时，曾琦为首的青年党觊觎财政部长的位子，但他们没有抵过孔祥熙的势力，而居农业部长之职，高峻峰被任命为甘肃省农业厅顾问。

高峻峰原为临潭八木泉人，民国初年迁居岷县，民国十八年（1929）前又举家迁居临潭旧城，在旧城购置田产。民国十八年初，他的姐夫旧城南门的敏氏，因马尕喜顺儿子的牵连，被临潭县政府羁押，高峻峰以其关系将敏救出，而马尕喜顺的儿子被正法，因此马尕喜顺记恨高峻峰。一天高峻峰从岷县回旧城，走到旧城青崖时，他的汉族老友临潭著名学者、《五凤原汉藏字典》的编著者高凤西，把他拉进自己青崖的家中对他说：“你不能上去，尕喜顺在南门街上戾着呢，他说你把自家的人救了，把我们的人没管，我把高峻峰拉住要活剥了皮。”就这样高峻峰连夜将全家大小迁居到岷县。要不是老友的帮助，或许高峻峰会成为继敏连个之后，被马尕喜顺杀害的第二人。

高峻峰是我父亲的干大（义父），他没有儿子，所以特别喜爱我父亲。民国二十五年（1936）初，岷县福音堂的外国牧师要回家，高峻峰将其儿子的一辆儿童自行车，以二十五个银元的价钱买来给我父亲。早上刚将自行车推来，中午鲁大昌的康副官拿着五十个银元就来到我家，说师长要我们将自行车转让给少爷，这个少爷就是鲁大昌和其三缟毴儿（辫子）的藏民小妻生的，小名章章，大名鲁孝，和我父亲年龄相仿。我祖父赶忙允诺，一是不敢惹，二是多赚二十五个银元，抵我们家半年的收入。

在我父亲六七岁的时候，麻子川岭修公路时，曾挖出了一个石雕龙，高峻峰拖着家父去看过，龙雕得栩栩如生，可惜被挖成了几段。张家坪的石雕羊体形巨大，形似现代荷兰细毛羊，双角弯成环形，雕刻栩栩如生，有底座，安放在一块大地中。当地人传说，该羊去洮河饮水，路遇一孕妇便在该地生根。当年洋教士想挖走石羊，但未能挖出而放弃，家父在与高峻峰等去寺儿上清真寺念圣纪时专门去看的，可惜现已不存。

高峻峰善于言辞，风趣幽默，念书不多却能说一口流利的英语。当选国大代表时，他本人还蒙在鼓里，当时国民党《和平日报》刊登了当选代表名单，他商铺对面的老友们对他说，“高爷，你成国（gui龟）大了”，他回敬说“爷是龟大，娃们就是龟二（儿）”。据他的外孙高发奎老人回忆，高国大去南京开会时，与前来兰州接代表的美国飞行员住同一宾馆，一口流利的英语交谈，很快就和美国飞行员熟悉起来，去机场时，就是美国飞行员邀请乘他的专车前往的。

岷县解放前夕，在兰州上大学时参加中共地下党的马义宾，其身份暴露，马逃回岷县家中，高峻峰将他安置在自家的后院保护起来，并通过各种关系使其免遭拘捕。他的父亲八一子，一个老实巴交的农民对儿子说：“你当共产党，看国民党把你剁成肉丸丸儿的。”稍有口吃的马义宾回答说：“你叫他把我剁、剁、剁成肉丸丸儿吵！”表现出一个共产党员视死如归的坚定信念。马义宾原籍临潭新城南门河，民国十八年（1929）逃居岷县。马义宾从兰州逃回岷县后，在中共岷县地下党支部任支委，支部书记是孙甲丁。中共地下党陇右工委负责人牙含章，到岷县与岷县支部负责人见面时就有马义宾参加。岷县解放时，马义宾和岷县支部的同志为迎接岷县的解放做了大量的工作。新中国成立后马义宾任武都专署秘书、武都专署民宗局长。与胡风在文学方面有书信交往，因而在胡风反革命集团冤案中，被打成胡风分子，遭到逮捕和迫害。改革开放后平反，后定居新疆直至去世。

岷县解放后，高峻峰一直避居临潭旧城的家中。一天，我父亲从新城回旧城时，在老虎湾梁遇到前往旧城抓捕高峻峰的岷县民兵，正在那儿吃午饭。我父亲加快行程，赶在他们前面到达旧城，将信息透漏给高，高峻峰即刻启程，快马加鞭连夜过洮河走车巴沟，翻华尔干山到碌曲郎木寺外甥家躲藏。

1950年以后，以马良和军统特务傅秉勋为首，留在大陆的马步芳部及国民党残渣余孽蠢蠢欲动，试图配合蒋介石反攻大陆，在甘青川交界组成了马良股匪。匪首马元祥活动在青甘边沿，马良活动在甘南一带，傅秉勋活动在川甘交界。马元祥和马良都多次到郎木寺上门邀高峻峰参加他们的队伍，但均遭婉拒。据高发奎老人说，国民党败退台湾之前，高峻峰曾去台湾，在台逗留三个月，具体情况不清楚，但其中一项，就是国民党撤离大陆后，川甘青交界地区的国民党潜伏人员由高峻峰统一协调。所以高峻峰参加了谁的队伍，谁就会得到台湾更多的物资和武器的空投。后来迫于形势，高以同乡之情参加了马良股匪敏海峰部。敏海峰，临潭人，属西道堂上层人士，其部为傅秉勋249路军序列第七独立纵队，共有一百二十人，均为临潭的牛马商贩，司令敏海峰，副司令敏盛德，参谋长马剑红。其活动范围在迭部沟一带，据点是离迭部县城十多公里的然多寨、奔巴寨、阿米唐。1953年，解放军西北剿匪部队首战，就消灭了敏海峰部，敏海峰投降。高峻峰就是在这次战斗中，在阿西吉隆克卡突围时被解放军剿匪部队击毙，尸身未还，下落不明。按其身份剿匪部队应对这一战果有所记录和宣传，但至今未见这方面的资料，估计其国大代表的身份没有暴露，解放军也没有掌握高的情况。

岷县刚刚解放，李贵悟避居临潭旧城，借居于老友高峻峰在旧城南门的家中，高峻峰不避风险，给这位落难中的老友以无微不至的关怀。

1952年前后旧城杨家桥马玉寿，因其脸色黧黑又称黑寿或寿巴的家中出了一件怪事，说是其家中来了一个非鬼非神，或许是精灵的东西，闹得其家不得安宁，此物只有他家的一个仆侍丫头能够看见和交流。而且还上演了许多神奇的事情。旧城万人空巷，前往观看。道人和尚、回汉人士皆束手无策，解放军骑一师的驻军连长也到其家开枪慑鬼，依然无效。原马步芳部队的团长马剑红挥刀驱鬼，更未成功。这件事沸沸扬扬持续了一年多。同一时期，岷县城内的鲜尕毛儿家也出现了类似事件，以致岷县人有争议时，会相互讥讽说，去鲜尕毛儿家楼上闹去。意思是让对方像鬼一样去鲜家楼上闹腾去。

此时李贵悟恰在离黑寿家不远的高峻峰家避居，李便秘密出面写了一篇祭文，设坛祭祀，劝其离开，不要扰害百姓。闹鬼之事就此平定，李贵悟也回了岷县。

岷县回汉民族和睦相处、水乳交融的关系由来已久。民国十七年（1928），南关回民马麟图面斥尕司令马仲英背信弃义，舍身保汉，大义凛然；民国十八年（1929），汉族绅士乔毓南，力阻国民军团长李松坤杀回令，舍命救回，义薄云天。1937年历史学家顾颉刚先生在岷县考察，对占扎路“村内回汉关系甚洽，回民可娶汉女，回女亦可赘汉夫”的回汉融洽关系大加赞赏。

岷县是我们的第二故乡，在家父的心目中，永远有说不尽道不完的眷恋和故事。

中编

人事沧桑

洮州“德胜马”

临潭古称洮州，隋唐时期称临洮，民国以后称临潭。县内有两大集镇——新城和旧城。1949年前县府设在新城，新中国成立后迁到旧城。县府在新城时，旧城被称为旧洮堡，但旧城作为全县的经济中心，地位远在新城之上，作为藏汉茶马互市的重镇而蜚声甘、青、川、藏。藏语称旧城为“哇寨”，意即“城池”。

清末至民国，旧城就有商号四十多家，北京、天津、保定、西安等地的大商号都在旧城设号坐庄经商，经营绸缎、药材、皮张等。这一时期本地最大的两家商号是“万盛西”和“德胜马”。“万盛西”是当地王姓藏民商号，有几十万银元的资本，商铺几乎遍布西北各地及藏区。

“德胜马”，是当时唯一与“万盛西”在财力和规模上相匹敌的商号。据“万盛西”商号的后辈贡觉才让（王佐卿）在《万盛西的来龙去脉》中回忆：“当时哇寨比较大的商号，城内还有‘德胜马’，经理叫马明德。”

“德胜马”经理马明德，当时人称“德胜马”大爷。原籍现甘肃临洮城，清同治“河湟事变”时，迁徙到洮州旧城，是一位颇具远见，关心地方安定，重视民族团结，急公好义的有识之士。据民国时期编《临潭县志稿》载：“马明德，旧城人，性正直，做事勤慎。清光绪乙未，河湟变起，风声所播，该处回民几乎响应，地方人民恐惶外避一空。明德同贡生周化南等竭力维持，集回众痛陈利害，卒消祸于无形，地方赖以安全，乡人感之赠以‘急公可风’匾额。”

19世纪末，是中国社会的大转型时期，清政府行将灭亡，资本主义列强经济侵略更加深入。特别是在清光绪二十一年（1895）之后，清王朝内忧外患进一步加剧，签订了一系列丧权辱国的不平等条约；“戊戌变法”失败；英、德、俄、日、法强制在中国划分势力范围；义和团运动；武昌起义等。正如鲁迅先生指出：“每当历代势衰，回教徒必有动作，史实如此，原因甚深。”在甘肃爆发了多次回民起义，作为民族杂居地区的古洮州临潭，在这种大动荡时期自然概莫能外。“德胜马”大爷马明德，在这一时期为地方的安宁、各民族的团结、教育事业的发展都做出了贡献。

一

光绪二十一年，发生了青海、河州地区伊斯兰教华寺门宦和哲赫忍耶门宦的械斗，由教派斗争，继而发展为回汉冲突，接着是清统治者的残酷镇压和屠杀，回民遂揭竿而起武装反抗，起义队伍达数万人，声势浩大。起义军屡次击败镇压官兵，1895年古历六月十二日河州华寺门宦首领马永琳率领回、东乡、保安、撒拉等族起义军，将前往循化镇压义军的河州总兵汤彦和，计诱到河州双城地区设伏袭击，大败汤军。

汤彦和兵败之后，在其回族部下随军参赞、武进士马福禄和马福祥兄弟的拼死保护下从槐树关逃到甘南藏区。此时兵无粮饷，马无饲草，士兵不攻自散。汤彦和与马氏兄弟商议，由马氏兄弟持他的借条，前往夏河拉卜楞寺院，向嘉木洋借取银两，并约定在临潭旧城会合。

旧城回汉闻讯汤彦和败兵将溃积旧城，一时人心惶惶，更有地方不逞之徒欲乘隙起事。“德胜马”大爷与旧城汉族士绅、贡生周化南商议，一致认为兵患甚于盗患，败兵之祸甚于蝗祸。因此他与回汉士绅联手，发动旧城回汉群众烤烙馍。汤彦和兵败粮断，几天来米面未沾，得到如此丰盛的犒劳，自然感激不尽。据说当时汤彦和汤总镇饥不择食，两手执馍边往嘴里塞边向士兵发放，其狼狈相卒不忍睹，后经人提醒才由属下发放。此时“德胜马”大爷乘机进言：旧城地小民贫，不堪负担官军过境之需求，只有绕道去地广物阜的岷县、巩昌才是上策。汤彦和碍于雪中送炭之情，允准了这一请求，当即绕道岷县经巩昌前往兰州。使旧城回汉民众避免了一次败兵之祸的浩劫。《临潭县志稿》人物卷周化南条中记载了此事：“周化南，旧城人，清贡生，精医理，为人方正明达，办理地方保甲多年，成绩卓著。乙未河湟之变，地方岌岌，适河州汤总镇兵败双城，溃兵由土门关来洮，新城莠民厉兵秣马以待，化南筹办粮秣，请守营派兵前赴距旧城六十里之斜藏沟支应，并请取道由北路草地抵巩昌，地方卒得安全。”

二

1895年青海、河州回民起义波及洮州，据《洮州厅志》卷十八载：“光绪二十五年河湟回叛，洮回不逞之徒，交通煽扬，跃马操戈，大有猖獗之势，汉民狃谈虎饮蛇之见，惊散奔逃，人情汹汹，城市一空。时有回汉绅士陈登甲、魏学文、丁喜元、杨遇魁、权得衡、马兆瑞、马明德、马呈文、马呈图及敏翰章昆弟等持正不阿，冒险调停，地方赖以安者。”厅志所载事件的具体详情已无从考知，但下面所述的事情口碑和志书均有据可考。

据《洮州厅志》卷十八载：“会河州镇军汤兵溃双城，引残卒取道草地赴巩，回匪敏四哥子欲纠党邀击，因之起事，适天心厌乱，其谋泄，汤由间道去。继而河湟乱平，前同知赵来洮，按诛敏四哥子、宛能儿等，洮岷快之。”厅志记述简略，其详情补述于下：

汤彦和被马明德、周化南从斜藏沟支走之后，马福祥、马福禄兄弟从嘉木洋处借到白银六万两，从夏河拉卜楞如约赶到旧城，发现汤已绕道岷县，便携几十头驮银两的马匹，投奔他们的好友、同科举人“福盛隆”商号的马大爷（原为新城人，后落户于岷县），将银子寄放在马大爷家院中。

此时旧城在申藏沟开学的敏四哥子见财起意，纠集几十个不法之徒欲乘虚抢劫这批银两。“德胜马”大爷马明德闻讯，赶到堆放银两处，凭借自己的武功、智慧和威望呵止斥散了这批人。同时也惊动了马氏兄弟，他们问是否有人行抢，“德胜马”大爷搪塞道“乡棒们没有见过这么多银子，是来看热闹的，已被我赶走”。

迫于当时落难的形势，马家兄弟也无可奈何，在“德胜马”大爷的干预下，银两才未被劫持而贻害地方。马永琳起义失败后，马氏兄弟记恨于此，由马安良“办善后”时将敏四哥子押往临夏正法。惩凶护善，保地方平安，回汉士绅功不可没，尤其是马明德的功绩，在临潭近代史上应记沉重的一笔。

三

民国三年（1914）正月，“德胜马”大爷马明德时任临潭旧城清真上寺学董。上寺的开学是从临夏搬来的被称为穆哈智的阿訇。马将自己的旅店（现上寺路北教学大楼址）租借给陕西、甘谷一带的布商，正月十三这一天布商们在店内接了大庙的社火秧歌队。此时正值晡礼（下午4时半左右），秧歌队锣鼓喧天，干扰了礼拜，阿訇便带着几十个满拉（经堂学生）和做礼拜的人冲进旅店，打散了秧歌队，砸了演出道具，大庙上告官府，一时回汉关系紧张。

那天“德胜马”大爷恰巧未来寺中，第二天他听到这件事后，立即赶到大庙赔情道歉，并表示秧歌队的一切损失，所伤人员的费用，都由他负责赔偿。秧歌队接受了这一条件，但提出人和东西是上寺阿訇打的，与“德胜马”无关，应由开学阿訇赔情道歉。

“德胜马”大爷便将这一要求转达给开学阿訇，未料该阿訇在第二天讲“卧尔兹”时大讲：“卡菲尔”（背信者）在我们寺里，“木那菲给”（伪信者）在我们当中。并煽动一伙不明是非者对“德胜马”大爷进行人身攻击，一伙人冲进“德胜马”大爷家中，将病中的“德胜马”大爷痛打一顿，将所留的发辫拔得所剩无几。

“秧歌事件”发生后，因“德胜马”是清同治时期从临洮逃到该地的，上寺的一些人便对从外地来旧城并加入上寺的穆斯林给予歧视和排挤。因而导致巩昌（今陇西）来的穆斯林从上寺出走，在教场修建了哲赫忍耶老南寺；临洮来的穆斯林在洋人巷附近买了地皮，准备修建穆夫提门宦清真寺。所幸当时德高望重公正远见的北庄门宦“纳伊布”敏士达大阿訇的诚心劝说和挽留才未分出。但从临洮来的穆斯林一大部分从上寺出来进了下寺。

当时临潭县衙欲追究“秧歌事件”肇事阿訇的责任，阿訇闻讯半夜从北山逃往临夏。不久河南宝丰县白朗义军抵临，此事不了了之。

白朗军来临潭时，“德胜马”大爷正好被打养伤，他的弟兄、子侄、亲属都从各地或经商点返回旧城探视。病中的“德胜马”大爷要儿孙们抬着他去见白朗，他说“白朗不会杀老百姓，我们去投降以免地方遭难”。但他的儿孙们因为“秧歌事件”而怄气，极力劝止他去见白朗，因而未能成行。后来就发生了无知匹夫枪杀前来谈判借路的白朗军前锋铁蝎子的事件，引发了白朗军攻城，火烧清真寺，民众跳火海的惨剧。“德胜马”家族除一儿媳外全部遇难，“德胜马”儿媳将上寺路北的旅店捐给上寺用做水房。

历史不是由英雄创造的，但英雄在历史创造中的重要作用不容否认。历史不能改写，但能设想。如果没有“秧歌事件”，没有“德胜马”大爷被打负伤，那么临潭近代史上的“白朗事件”，将是另一种结局。

四

清末一代，洮州回汉二族中出了一大批像“德胜马”大爷马明德、周化南那样的俊才豪杰，如武举马呈文、武生马呈图兄弟，阿訇马兆瑞、敏士达，贡生敏翰章，等。他们保护了地方安宁，加强了民族团结，维护了民族利益。“光绪二十一年武举马呈文、武生马呈图、马明德、敏步云等倡捐禀官重建”旧城西门外城壕边乾隆时由敏晋成、丁朝弼创建的回民义学。据《临潭县志稿》载：“马兆瑞本城南关人，回民教长。为人坦率，公正无私，声望孚众。清光绪乙未，不逞之徒欲响应河湟。兆瑞悯汉民前遭同治之乱，元气未复，因家喻户晓，先令携家远避，然后以大义告诫教民，力阻蠢动，地方安谧无事。合郡士绅制锦颂德，文为孝廉寇爰相所撰，内有‘支持过路之军勇，弹压在地方之强梁’等语。”

正是因为有了这批俊才豪杰，使洮州自清同治六年（1867）至民国三年（1914），保持了短暂的四十七年的社会安定。因为其前有马芳、丁永安的反清起义；其后有“白朗事件”、民国十八年（1929）事变。中间正是他们将光绪二十一年（1895）诸多乱因消灭在萌芽之中。

地方的这些有识之士，为地方的安宁、民族的团结，做出了巨大贡献，他们永远值得我们学习、崇敬和怀念。面对强大的愚盲群体，他们又显得那样弱小和苍白，正压邪的时间犹如昙花一现。玉石相撞，不是玉石俱焚，而是玉碎瓦不全。“德胜马”大爷的历史悲剧充分证明了这一点，邑人明理者寡，愚昏者众，明理者呼众犹秋风过驴耳不为所动，愚鲁者登高振臂应者云集。诚如张承志所云：“干大事而惜身，见小利而忘命。”缺乏远见，感情用事，受人摆布；“而且直接营造着陷自己的代表人物于孤独的环境”。

面对历史，面对“德胜马”大爷，我无言相向，“如果我们选择了最能为人类幸福而劳动的职业，我们就不会为它的重负所压倒。因为这是为人类而献身，那时我们所感到的就不是自私而可怜的欢乐，我们的幸福属于千百万人。我们的事业并不是显赫一时，而将永远存在，高尚的人们将在我们的墓前洒下热泪”（马克思语）。同样，我们会为“德胜马”大爷马明德“洒下热泪”。

岑参的临洮之行

在空前的盛唐诗坛中，岑参以擅长边塞诗著称。他是写作边塞诗数量最多、成就也最为突出的一位诗人。他的边塞诗反映的地域，由于局限于长城内外，扩展到天山南北，使西域的奇异风光和人情风俗首次引人注目地出现于诗中。

岑参（718—769）江陵（今湖北省江陵县）人，三十岁中进士，授右内卒府兵曹参军。先后两次赴西北边疆，在高仙芝、封常清的幕府中度过了六七年的边塞生活，他的那些最出色的诗篇多写于这一时期。唐肃宗至德二年（757）经杜甫、裴度等的推荐，任右补阙。因“频上封章，指述权佞”被贬为长史。代宗宝应元年（762）作为李适的掌印书记官参加讨伐史朝义的战争。大历元年（766）为杜鸿渐的幕僚随军前往蜀中平乱。入蜀后做过一年多的嘉州刺史，罢官后病殁于成都旅馆。

岑参在边塞任职途中曾两次路过临洮，并留诗四首。岑参第一次来临洮是在天宝十年，即公元751年，诗人时年三十五岁，他从安西、武威东归长安途经临洮，并在此逗留访友。这是因为诗人于天宝八年（749）三十三岁时，安西四镇节度使高仙芝入朝，岑参作为右威卫录事参军，充节度使幕掌书记，于是年冬天赴安西。在安西治所龟兹镇，即今新疆维吾尔自治区库车县度过了两年军旅生活，于天宝十年暮春从安西到武威，六月途经临洮，初秋到达长安。

岑参途经临洮时，曾在此逗留数日，拜访了在临洮戍边的好友祁四，游览了龙兴寺，并留诗两首，其一是写给祁四的离别诗《临洮客舍留别祁四》。

无事向外边，至今仍不归。
三年绝乡信，六月未春衣。
客舍洮水聒，孤城胡雁飞。
心知别君后，开口笑应稀。

这首诗是诗人与好友祁四在临洮相会分别时所作。据上海古籍出版社《岑参集校注》载：此诗“天宝十载自武威归长安途中作。临洮：即洮州，天宝元年改为临洮郡，治所在今甘肃临潭西南……”《元和郡县志》卷三九谓：“洮州治所临潭县，‘其城东西北三面并枕洮水’。”按历史记载与地形推测，此城即今卓尼县喀尔钦乡的羊巴古城。该城西北东被洮河以三百度的转弯环绕，《洮州厅志》载：“城在半山上，下临洮水，三面险绝，唯西南一径可通。”

诗人到临洮的前两年，即诗人从长安到安西的天宝八年（749），唐王朝与吐蕃在石堡城发生过一次大规模的战争，“帝使哥舒翰攻石堡城”。哥舒翰“帅兵六万攻吐蕃石堡城，其城三面险绝，唯一径可上。吐蕃数百人守之，贮粮食积木石。唐兵前后屡攻之不能克，翰进攻数日不拔，召裨将高秀岩、张守瑜，欲斩之。二人请三日期，获吐蕃四百人，唐士卒死者数万”。诗中的祁四，即祁乐，又称祁岳，是盛唐时期著名的画家，杜甫《奉先刘少府新画山水障歌》中有“岂但祁岳与郑虔，笔迹远过杨契丹”的诗句。唐朱景玄《唐朝名画录》载空有其名不见踪迹的画家二十五人，其中有祁岳。《图绘宝鉴》谓岳“工山水”。

诗人和祁乐有着深厚的交往，天宝十一、十二年（752、753）间，亦即祁乐从临洮回归后，诗人在长安还为祁乐写了一首《送祁乐归河东》的诗。

祁乐后来秀，挺身出河东。

往年诣骊山，南赋温泉宫。
天子不召见，挥鞭遂从戎。

诗人对祁乐的画也给予了高度评价：

有时忽乘兴，画出江上峰。
床头苍梧云，帘下天台松。
忽如高堂上，飒飒生清风。

诗人到达临洮时祁乐正从戎戍守临洮城。从“无事向外边，至今仍不归。三年绝乡信，六月未春衣”推测，祁四最少应在天宝七年（748）“天子不召见，挥鞭遂从戎”。他作为关中子弟兵，参加了哥舒翰于天宝八年（749）六月“帅兵六万攻石堡城”的战役，《洮州厅志》载“石堡城在城西南七十里，今名羊巴城，半在山上，下临洮水，三面险绝，唯西南一径可通。西侧石壁峭立营迹累累”。在这次“唐士卒死者数万”的残酷战斗中，祁四幸运地活了下来。在洮水喧哗的涛声中，诗人面对孤城胡雁，在高寒的临洮城，盛夏还不能换上春衣的情景下，依依惜别这位画家朋友。“心知别君后，开口笑应稀”，恋恋不舍之情和别后的凄苦心境溢于言表。

其二是在游览了临洮龙兴寺之后，作《临洮龙兴寺玄上人院咏青木香丛》诗：

移根自远方，种得在僧房。
六月新花放，三春叶已长。
抽茎高锡杖，引影到绳床。
只为能除病，倾心向药王。

诗人来到临洮的时间是农历的六月，正是洮州地区气候最好的时节。洮河之滨的临洮城，掩映在青山绿水之中，宛若江南水乡，在锡杖（禅杖）高的青木香丛中，诗人尽情享受青木香散发的清香。欣赏着怒放的鲜花，诗人旅途的疲惫，在寺院的良辰美景中得到舒缓。

诗人所咏的青木香，是菊科草本药用植物木香的别名，叶形如羊蹄，花像菊花，结黄黑色果实，至今在洮州地区，尤其是洮河沿岸大量生长。

龙兴寺是当时该地的佛教寺院。《唐会要》卷四八载：中宗神龙元年，右补阙张景源上疏曰："伏见天下诸州，各置一大唐中兴寺观，窃有未安，刍言是献。"上纳之，因降敕旨"其大唐中兴寺观，宜改为龙兴寺观"。

题中的玄上人院，是指和尚的院中。羊巴城南端有庄名录巴寺，原有藏传佛教寺院一处，后衰落，清末民国初改为基督教堂。是否为原龙兴寺址有待考证。

岑参第二次到临洮，是在天宝十三年（754）夏秋间，与上次到临洮的时间相隔三年，当时诗人三十八岁。如果说诗人第一次到临洮，是为看望分别多年的朋友祁乐的话，那么此时祁乐已从临洮回到长安，诗人已与其相会，这次纯粹是路过，是诗人赴北庭（唐北庭节度使治所为庭州金满县，今新疆维吾尔自治区吉木萨尔北）往封常清幕中任职，而途经临洮的。封常清于天宝十三年入朝，任御史大夫。北庭都护程千里入朝为右金大将军，仍令封常清权北庭都护、伊西节度使。封常清原是诗人在安西幕府中任职时的同僚，他们彼此关系非常融洽。这次出塞，诗人的情绪开朗昂扬。他的那些豪气横溢的七言歌行，大都创作于这一时期。

和第一次一样，这次诗人在临洮依然留诗两首。

其一是《发临洮将赴北庭留别》：

闻说轮台路，连年见飞雪。
春风不曾到，汉使亦应稀。
白草通疏勒，青山过武威。
勤王敢道远，私向梦中归。

这首诗是诗人在气候宜人的盛夏到达临洮，并从临洮出发前往北庭，是诗人对北上路途的遥远、艰辛，塞外荒漠凄凉、苍茫的想象与具体描写，抒发了诗人“勤王敢道远，私向梦中归”的豪迈情怀和内心盼归的愁绪。

其二，《临洮泛舟赵仙舟自北庭罢使还京》：

白发轮台使，边功竟不成。
云沙万里地，辜负一书生。
池上风回舫，桥西雨过城。
醉眠乡梦里，东望羡归程。

这首诗是诗人途经临洮时，相遇从轮台卸任离职的赵仙舟而作。轮台指轮台县，唐代庭州有轮台县，治所在今新疆乌鲁木齐。

赵仙舟生平不详。岑参开元十五、十六年（727、728）间曾作《淇上送赵仙舟》诗。岑参在诗里对一个把毕生献给边疆，而又未能在边地建功立业的赵仙舟寄予了无限的同情和理解。作者与赵仙舟在临洮的池上泛舟：“池上风回舫，桥西雨过城。”风过船起船落，桥上风雨交加，离职者更加失意，赴任者对自己的前途和结局更加惆怅。从而发出了“醉眠乡梦里，东望羡归程”。

热血铸汗青　生命留绝响

——从何心隐到马启西中国大同理想社会的实践者

中国传统的理想社会，就是“天下为公”的大同社会。孔子在《礼记·礼运》中描述：“大道之行也，天下为公，选贤与能，讲信修睦。故人不独亲其亲，不独子其子，使老有所终，壮有所用，幼有所长，矜、寡、孤、独、废疾者皆有所养，男有分，女有归。货恶其弃于地也，不必藏于己；力恶其不出于身也，不必为己。是故奸邪谋闭而不兴，盗窃乱贼而不作，故外户而不闭，是谓大同。”这是一个人人平等、财产公有、社会安定，幸福安定的理想社会。

孔子所构想的这种“大同”的理想社会，相当于西方的“乌托邦”。大同思想，也是中国的乌托邦思想。从它的社会诉求讲，既有民本精神，又有民生关怀，表达了自然经济下人们对美好社会的追求，它虽然在中国长期的封建社会里被边缘化了。但它作为理想社会的模型，永远留存在中国士人心灵的深处，而且在封建社会的各个时期常被人们所尊崇，成为批判现实、追求理想的精神和文化资源。生活在明晚期的何心隐，生活在清代末期的马启西则是实践这一理想社会的典型人物。他们在各自生活的地区和能力范围内，在这个朦胧思想鼓舞下，“对不可能最终实现的终极性的社会理想状态的一种总体性构想设计，代表着人类对某种社会理想的目的性追求和期待”，进行了大胆的卓有成效的实践。

何心隐、马启西他们虽然生活的时代不同，族别各异，信仰有别，思想理论上的建树也不一样；但他们的生活经历、对理想社会付于的实践，个人的悲剧命运则有着惊人的相似。正如鲁迅先生指出："我们从古以来就有埋头苦干的人，就有拼命硬干的人，就有舍身求法的人。……这就是中国的脊梁，他们在前仆后继的战斗，不过一面总在摧残，被抹杀，消灭于黑暗中，不能为大家所知道罢了。"

何心隐、马启西生活的时代及生平

何心隐，是我国16世纪的"异端"思想家，他敢于向封建统治权威做不屈的斗争，因此遭到统治阶级的迫害。

何心隐生于明正德十二年（1517），死于明万历七年（1579）。本姓梁，名汝元，字柱乾，号夫山。江西吉安府永丰县人。他早年就做生员，三十岁时（1547）赴郡试，中第一名。他听了王阳明真传弟子王艮的学说后，便抛弃了科举的道路，从颜山农学习，成为泰州学派的再传弟子。颜山农名钧，江西吉安府永新县人，是王艮的弟子，传授王艮的学说，王艮认为："即事是学，即事是道。人有困于贫而冻馁其身者，则亦失其本而非也。"（均见《王心斋遗集语录》）这是说生活实践就是学问，也就是"道"。为饥寒所迫的人，本身已失去生存的基本条件，也就谈不到学了。王艮对当时受惨重剥削的人民表示了一定同情。颜山农则"欲有为于世，以寄民胞物与之志"。何心隐受王艮、颜山农的影响，对受压迫的人民寄予了深深的同情。开始构建聚和堂，反抗地方官吏压迫。中以计去宰相严嵩，后反对宰相张居正的禁书院、禁讲学。时人沈德符说："时江西永丰人梁汝元者，以讲学自名，鸠聚徒众，讥切时政。……江陵（张居正）怒，示意地方官物色之，诸官方居奇货，适会光事起，遂窜入二人姓名（梁汝元、罗巽），谓且从光反，汝元先逮至，拷死。"谷应泰说："八年春正月己未，先是永丰梁汝元聚徒讲学，吉水罗巽亦与之游，汝元扬言，张居正专政，当入都颂言逐之。居正微闻其语，授指有司捕治之。已湖广、贵州界获妖人会光，窜入汝元、巽姓名，云谋不轨。汝元、巽先死，湖广守臣俱爰书，下法司讯之。并会光亦非真也。第据律论罪。"

何心隐被张居正所杀只是晚明封建社会的当权者诛杀“异端”的暴政的一个例子。

马启西，甘肃临潭人，回族，伊斯兰教名叫海亚，生于清咸丰七年（1857），卒于民国三年（1914）。马启西很小就在临潭旧城清真上寺学习阿拉伯经文，受到良好的伊斯兰启蒙教育。十一岁起在旧城汉族范玉麟处上私塾。后求学于现店子乡店子村汉族硕儒范绳武先生。范绳武是贡生，“家居授徒，成材甚众”。马启西从学之后，受范的思想影响很深，数年内学业大进，成为范的得意门生，县考时被取为第二名“童生”，启西二字就是范绳武先生给其取的名。几年后在巩昌府（今陇西）应试，考取第四名秀才。其后他放弃对功名的追求，转而钻研清代穆斯林学者王岱舆、刘智、马注等的著作和伊斯兰教学说。以“诸儒之薪传，会归真之总义”“静居修道者又十载，乃悟真主之明命、至圣之品格”。

从光绪十七年到光绪二十四年（1891—1898）在临潭旧城达子沟创金星堂正式讲学传道，依次宣讲《天方性理》《天方典礼》《清真指南》《归真总义》《清真大学》《五功释义》等经典及宗教知识。至光绪二十八年（1902），因用汉语讲授深入浅出，并能结合社会现实和当地实际，听者日众，除回族外，还有汉、藏、撒拉、东乡等族的人参加。“光绪二十七、八年间，信从者益众，大开讲席，发明身心性命之理。听者妄倦。夫木秀于林，风必摧之；堆出于崖，流必湍之；行高于人，众必非之，此也古今之常理也。仇者即以‘夜聚而晓散，树党结盟，倡奇立异，惑乱人心’。”而告之于洮州厅，后虽无罪开释，又于光绪三十二年（1906）“以违叛古教，创立新奇等情”上告。先生等被迫偕马英才等人前往天方朝觐，由于路途受阻，留居中亚撒马尔罕地区传教讲学一年。次年先生回国，随即改“金星堂”为“西道堂”，并创立西道堂大家庭。民国三年（1914），白朗犯陇，五月初一日至临潭，旧城失陷。……闰五月十九日，仇视者鼓动军阀马安良，以通匪名词，无公文、无案卷，即将先生枪决……然而中国政治之黑暗亦可见一斑矣。

何心隐、马启西对中国理想社会的实践

研究认为“乌托邦往往是在社会激烈变化时的产物，欧洲乌托邦社会被提到日程上是在从中世纪向资本主义过渡的时期，而中国则是从晚清到民国初年，因为此时‘中国社会正面临着有史以来从未有过的大变局。在社会重组过程中，政府的思想和行政控制力大幅下降，为乌托邦团体的兴起，腾出了在中国社会史上罕见的政治空间’”。

而何心隐早在明晚期，就在他的家乡江西永丰创办了聚和堂，进行了他的理想社会的实验。他把宗族单位作为一个共同体，在这一单位内，办了一个学校，实行集体生活，用“总送膳”的方式集体吃饭，集体在祠内住宿，本姓子弟们都得到一律平等的待遇，外姓子弟也可以入学，不分亲疏厚薄。在集体里，遵守节约的原则，不许“盛饰”“厚味”，大家都过着平等的生活。“子弟不论贫富，其冠婚、衣食，皆在祠内酌处”。黄宗羲说他“谓大学先齐家，乃构萃（聚）和堂以合族，身理一族之政，冠、婚、丧、祭、赋、役，一切通其有无，行之有成”。

邹元标说：“凡冠、婚、丧、祭，以逭孤、独、鳏、寡失所者，悉裁以义，彬彬然礼教信义之风，数年之间，几一方之三代矣。”在封建制度的压迫下，何心隐不只是有类似乌托邦的理想，而且躬行实践起来了。“我们不要以为他的实践只是在宗族的狭隘范围中而忽视了他的乌托邦的理想内核。”列宁说过：“政治上的乌托邦就是无论现在和将来都决不能实现的一种愿望，是不依靠社会力量，也不依靠阶级统治力量的成长和发展的一种愿望。”何心隐的理想实行不到几年，刚刚有一点成绩，就由于封建统治的官僚势力的迫害而解体了。他也被捕入狱，定了绞罪，后改判充贵州。

无独有偶，在何心隐殉道的三百三十年之后，甘肃临潭的马启西也在他的故乡临潭旧城西凤坪下创立了西道堂，开始了他对理想社会的实践。马启西是在中国传统文化和伊斯兰文化哺育下成长起来的杰

出人物。作为中国士人，他创立的西道堂从其社会组织特点看，有实践中国传统的理想社会的功能；作为一代宗教家，又充满了伊斯兰初期先知穆罕默德创立的“乌玛”体制。马启西创立的伊斯兰教西道堂，“是在中国传统文化思想和伊斯兰价值观的双重影响制约下，在特定历史、社会、政治、经济、宗教思想文化和自然地理等环境中的产物。”“他的成功就在于宗教和经济的有机结合，中国传统文化和伊斯兰文化的交流融汇。”

西道堂建堂伊始，凡入堂的穆斯林必须把自家财产的一部分或全部捐入道堂，属集体所有。当时相继入堂的有五千人左右，其中一千五百多人在堂内过集体生活。西道堂提倡人人平等，共同劳动，均衡消费，贫富相等，大家管理公共财产，其成员的生产、生活、教育、婚丧、赡养等费用，全部由道堂支付。

这个大家庭在教长的领导下，设总经理一人，管理商业和各项生产，商号、商栈、商队、农庄、牧场、林场设分经理，为总经理负责。

道堂大家庭家务生活分工担任，设灶房组、缝纫组、皮匠组、木匠组，以服务于大家庭的生活、劳务。

在教长之下，还有管理文化教育事业的负责人，主管文化和教育教学。

在道堂内提倡教民生活一律平等，大家过集体生活，吃大锅饭，集体伙食，实行一种供给制。

教民的婚、丧大事，亦由道堂统一料理，男女婚配，提倡自愿婚姻，并废除资送财礼的习俗。本堂所属教民之间的婚姻，均无财聘或妆送之费。必先礼求两性相悦，然后，父母及介绍人呈明教长，请阿訇照清真教古礼，诵经完婚。

教育，本堂内之教民，除受回民教育外，并注重国家教育。无论农商各界子弟，小时均入本堂创办之小学受小学教育。

著名记者范长江于1935年7月考察西道堂后，认为“教民为该道堂服务者‘概为公有’，各尽所能，分工合作，但生活方面一律平等”。1937年著名学者王树民考察西道堂后评价道：“入堂之教民须尽献其生命与财产之所有，而一切工作、生活、教育、婚丧、赡养等概由道堂为之支配，换言之，即道堂如一独立大家庭或小社会，人民生息活动于其中，均为组成之一员，彼此间更无尔我之别，而共赴于人生之最后目的地，其原则颇可以‘理想社会’之模型拟之。”

马启西先生创立的西道堂大家庭是以临潭城关为中心，包括十三个乡庄内在的农、林、牧、商、工齐全的大家庭组织。从1901年算起，到1958年最终解体，整整存在了五十七年。著名学者张承志曾评价道：“道堂教长马启西一如各教派先驱，最后以惨遭军阀杀害谢世。道堂民众一如回族大众，几经患难，挣扎于绝望的边缘。但是西道堂依然发展着、实践着孔孟大同思想和伊斯兰早期穆斯林公社思想……使世界发现，居然在中国荒芜山区确实成功了和存在过一个乌托邦。这对于哲学和人类进步的意义是极为重大的，后世只要有人类对公社理想的追求，西道堂的历史就会继续给他们以启示。”

何心隐、马启西生命的绝响

2006年叶春林、周为军以《士人生命的绝响》为题，对嵇康和何心隐的人生悲剧从三个方面进行了对比研究。认为“他们的死成了各自所处时代的生命绝响，其生命悲剧命运及原因在许多方面有着惊人的相似”，其实被统治者视为“异端”的思想家，都有着相同或相近的命运。只不过他们时代有先后，国别各不同，思想理论上的建树不一样，人格理想上的价值标准和目标也不尽相同；但他们济世厚生的精神，体现了以天下为胸怀的人道主义理想。然而他们却不容于社会，被视为“异端”，最终惨遭统治者的杀害，这是历史的悲剧，社会的悲剧，族群的悲剧，人生的悲剧，更是牺牲者个人的命运悲剧。但悲剧不等于悲伤或悲哀，正如鲁迅先生指出“悲剧是将人生有价值的东西毁灭给人看”。

何心隐、马启西的人生悲剧何尝不是如此？他们仅相隔三百多年，共同拥有让人动容的死亡，生命的终结最终把死亡推向这样的境界："死亡不能改变伟大的灵魂，具有这种精神的人，直到最后一刻仍然不会失去其本色。"同样他们生命的悲剧命运及原因，在许多方面更有着惊人的相似，这主要体现在以下诸方面：

忤逆权要的性格悲剧。何心隐、马启西惨遭杀害的个人不幸，其间都伴有一个过于执着过于切直的性格，这种性格使他们与那些权要的交往中，为保持个人人格的独立，必然与权要之间产生尖锐的冲突。

何心隐被当时统治者杀害也是其不落意气、忤逆权贵的性格造成的。可以从下面材料看到何心隐落拓不羁颇有豪侠气质的性格。

泰州学案载：一日遇江陵（张居正）于僧舍，江陵是为司业。心隐率尔曰："公居太学，知大学道乎？"江陵如勿闻也者，目摄之曰："尔时时欲飞，欲飞不起也。"

侯外庐先生这样评价何心隐，在封建统治代言者的笔记中，他被诬蔑为"妖人""逆犯""盗犯""奸犯"，等等；而在他的同情者的记录中，则可以看出他是一个有气魄、有胆略、有理想的反封建战士，他的这种敢斗敢为的性格从与张居正对话中可见一斑。

他在万历七年（1579）于祁门被捕后押解到湖北的沿途上书，李贽对这些"上书"评论说："何心隐老英雄莫比，观其羁绊缧绁之人上当道书千言万语滚滚立就，略无一毫乞怜之态，如诉如戏，若等闲日子，今读其文，想见其为人。"

一个身处羁绊中的人，不仅不向当权者显示丝毫的摇尾乞怜，相反在上书中"如诉如戏"，对权贵们极尽藐视，这种狂达不拘的性格，这种气魄，确非豪杰之士所不能为。

何心隐敢于忤逆权贵的性格突出表现在与当朝宰相严嵩的斗争之中。泰州学案中记载他于嘉靖四十年（1561）曾与蓝道行共同以心计除去贪墨奸佞的宰相严嵩，因此何心隐遭到严党的仇视，不得不改名梁汝元为何心隐。为躲避严党迫害，他只好"踪迹不常、所半天下"。他这种狂狷奇崛的性格，不管是与严党还是与后来当朝内阁首辅张居正的斗争中时时自然显露。这就给他人生轨迹染上许多悲壮色彩。

与何心隐一样，启西先生在创业之初就受到甘肃军阀马安良的拉拢、排挤和迫害。马安良甘肃临夏人，是同治年甘肃回民起义首领马占鳌之长子，同治十一年（1872）随父降清，其后飞黄腾达，终任甘肃提督。马安良在任飞扬跋扈，肆无忌惮，排除异己。马安良拉拢马启西，但先生不为所动。宣统元年（1909）七月，亦即启西先生西行归来两年之后，启西先生被马安良接到导河县（今临夏），住进官邸，连日来待如上宾。殷勤备至，并说："你老人家从天方归来，与凡人不一样，顺天受命，当其时了，你应该讲给我吗？"先生回答："受敕命者，取主之喜，绝不能取人之喜，圣门的途经上，总是挫折的事多，承装的人少。"马安良虚伪地说："我能承装。"先生则笑而不答。这是启西先生给马安良软钉子，也是先生对权贵的公然蔑视。

更为严重的冲突则是在启西先生在与马安良之弟马哈五和其子马廷襄的对话中。1904年河南宝丰的白阆斋俗称"白朗"部队从河南辗转陕西，进入甘肃。其到达临潭旧城后，旧城近四千人遇难。西军督帅马安良在白朗部离开临潭后，派其部下马忠孝带兵追击，路过旧城，当地反对人士以西道堂勾结白朗为由控告启西先生。马安良便派其弟马哈五和子马廷襄率兵进驻临潭旧城。有一天马哈五和马廷襄前来西道堂向先生提问："你说真正的卧里有没有看然曼提？"先生回答说："真正的卧里没有看然曼提，看然曼提是从主上来的，他在于引沙尼上，不在于哈瓦尼上，我的看然曼提在我的后辈上。"这一对话教外人士可能无法完全读懂，因为在这篇对话中夹杂了只有教内人士才能理解的阿拉伯语词，若用完全的汉语表达则应是"你说真正具有贤品的人（即真主的朋友）有无超常的奇迹"，先生回答："真正具有贤品的人没有超常奇迹，超常奇迹来自真主，他在于有品德的人上，而不在无德的畜牲身上。我的超常奇迹是显在我的后辈上。"这是先生对不可一世的权贵们的有力回击。此次对话不久，马安良就将启西先生及其弟、子侄、教徒等十七人逮捕杀害。

如果何心隐、马启西不顺性而行，在与当权者对立中能敛其锋芒，或许他们都能促使其命，得以颐养天年。但是历史没有让人们有太多的假设，他们注定成为这样的奇士异人，以出俗之韵、骀荡之姿、狂狷之行卓然自立于芸芸众生之中，因此遭到统治者的迫害，使他们的人生受压抑与折磨，以悲剧而告终。

个人思想和人生观的悲剧。何心隐与马启西遭到统治者杀害的悲剧，在很大程度上是他们的个人思想锋芒和人生观与当时统治者世俗的思想形成了尖锐的对立所导致的。

何心隐的人生悲剧也是与凸显个性的思想观念及迥异世俗的人生观密不可分的。侯外庐先生断言，“何心隐的思想性格是反对封建主义的‘妖逆’思想”，何心隐强烈反对统治者对人民作出的“无欲”或“绝欲”等欺骗性宣传，他认为：

> 性而味，性而色，性而安逸，性也。
> 欲货色，欲也；欲聚和，欲也。

> 声色、臭味、安逸之乘于耳、目、鼻、口、四肢……尽乎其性于命之至焉者也。

这些论断肯定人的物质欲望，指出人欲就是天性，驳斥了程朱理学存天理灭人欲的观点，在此基础上他又进一步提出寡欲或育欲的主张，这种主张就是要“尽天性之性”，也就是顺应自然本有的人欲，同时指出顺应自然本有的人欲要做到“有所节”，“有所节”才能“节而和”。侯外庐先生认为：“何心隐的‘育欲’思想，反映了劳动人民保卫自己生活权利的意志，也反映了争取平等的要求，这种思想，在封建制社会晚期出现，具有反对封建社会的战斗意义。”

何心隐颠倒封建社会的五种伦常关系的顺序，以为朋友最重要。对于他的师友论、道德平等观和仁爱思想，刘泽华强调“这对传统伦理道德观及其所维系的等级森严的制度，具有一定的冲击作用”。“这种思想是对当时日趋绝对化的王权、森严的礼制和程朱理学伦理观的批判、冲击乃至对抗，在政治思想发展上占有一席重要的地位”。他的这些思想观念和活动使他成了封建政治体系中的异端，他要固守这种异端的思想和人生观，最终使他付出高昂的代价——个人生命的付出。

启西先生幼年起在清真寺攻读宗教经典，少年起研读儒学经典，并通过科举考中秀才，他是在伊斯兰教传统信仰和儒家文化哺育下成长起来的，故伊斯兰教和儒学文化在他身上达到了一种自然的结合。他的对联：

体大公而遵主命，善身善世，洵哉人熟义尽；
本真诚以履圣行，成人成己，允矣道全德备。

“善身善世”“成人成己”，他把儒家的“修身、齐家、治国、平天下”的道理，“己欲立而立人，己欲达而达人”的“推己及人”之道引入伊斯兰的伦理学之中，并把它视为真主之天命（主命），把真诚实践这些道德伦理规范，视为穆斯林遵循的“圣行”。

居广居，由正路，方能保全元气；
友良友，亲明师，不啻坐于春风。

启西先生将孟子的“居天下之广居，立天下之位，行天下之大道”（《孟子·滕文公下》）的主张应用到穆斯林修身广道的宗教实践中。

命如春风，仁如春理，一生都在春光里；
学是天成，品是天纵，万事不出天定中。

他把儒家的乐天知命、唯命与仁的主张与伊斯兰教的天命论与前定论联系起来。

忠厚留有余地步；
和平养无限天机。

“忠厚”不仅是指孔子所说的“忠恕”之道，也是指伊斯兰教的虔诚与敬畏，“和平”不仅是指儒家的“和为贵”“和实生物”的中和之道，更是指伊斯兰的实质即为“和平”之道。忠厚和平，实际上是处理天人关系和人际关系的普通原则，不仅适用于儒家和中国人，也适用于穆斯林，符合于伊斯兰教的道德理念，包含了深刻的辩证法精神和丰富的人生智慧。

清岂易清，欲清须一尘不染；
真诚难真，要真宜万缘皆空。

为性海，为灵根，代有无之妙用；
曰元勋，曰首命，显动静之玄机。

穷神智化，至精学问在无我；
复命归真，第一人品要如他。

在启西先生的笔下，性空之说、有无动静之论，皆为我用。中国传统文化在伊斯兰学说中皆有对应。王岱舆、马注、刘智所开创的“以儒诠经”的中国伊斯兰教发展道路，由马启西先生付诸自己的宗教实践中。但是“在马启西所处的那个时代，伊斯兰教的神秘色彩和人为制造的对他种文化的抵制和排斥行为，是不允许以儒家文化为代表的中国传统文化接近或走进伊斯兰教的”。正是马启西先生的这种独立特行，卓然于传统习俗的思想理论，被别有用心的人攻击为“异端邪说”。因而，他也为这一划时代的创举付出了生命的代价。

何心隐与马启西个人人格魅力之悲剧。何心隐的魅力主要体现在其思想、活动及组织能力对时人产生的吸引力。其魅力可以通过这些文献以管中窥豹。王世贞在《嘉隆江湖大侠》中称：

何心隐者，其材高于山农，而幻胜之，少尝师事山农。……纵游江湖，放浪大言，以非文可以得志于世。而所至聚徒，若乡贡、大学诸生，以至恶少年，无所不心服。

这里可以看出何心隐因其惊人的活动能力而折射出诱人的魅力，他不是在书斋中空谈的书生，而是勤奋务实的士人，据侯外庐所编的《中国思想通史》中附编的何心隐年表，可以看出他从嘉靖三十九年（1560）以后的十九年间，足迹至大半个中国，聚集朋友、聚合同志，率众讲学。沈德符《妖人遁逸》说："梁汝元以讲学者名，鸠聚徒众，讥切时政。"陈士业在其《答张谪宿书》记述何心隐这一时期的活动，说：

> 心隐尝以金数千界光午，使走四方，阴求天下奇士，光午携蒯缑，衣短后之衣，挟健儿数辈，放浪湖海，穷发塞，历郡邑。所至凡缁衣黄冠，与夫商贾驵侩，佣夫厮养，以至椎剽掘冢之流，备一节之用，擅一得之长者，皆籍记而周旋之。以故心隐所识奇士，尽于海宇。

何心隐的这种活动对时人影响是极深远的，但这种个人魅力所折射出的光辉成了专制统治者炫目难耐的色调。他最终遭到以张居正为首的统治者的残酷迫害，也正是因其个人魅力。他在遭受迫害过程中赢得了多方面的支持与帮助，在其遭搜捕时程学博、焦茗等人尽力救护他，在他被捕后其弟子胡时同一路陪他到武昌。在其死之前，弟子王之垣甚至要舍身代其而死。在其死后，"陈尸道旁，有一人犯相国之怒，仰天大哭，收其遗骸"，时人冯肇南、梁维翰、周良相、程学博、李贽等人纷纷撰文纪念他。他因个人魅力而死，也因个人魅力而生，因其魅力使英名永垂史册，流芳后世，虽死犹荣。

马启西的人格魅力不仅仅体现在其思想活动组织能力对时人产生的吸引力，而更重要的是他的身份不单是简单的士人，他还是一位宗教家，一代宗师。

清末甘肃岷县进士尹世彩在《马启西先生创教殉难史》中记述马启西的人格魅力，"甘肃临潭旧城回民中有一人曰马启西，诚回教中继往开来学者。……幼而颖悟，体有异香，人咸知其异器，长而从事汉文，闭户自精，开卷独得"。启西先生的业师范绳武先生评价其弟子："此子在孔门，即好学之颜子，在回教即传道之穆罕默德。"其人品学识可见一斑。

他大量研习了清代穆斯林学者的汉译著作，如《清真大学》《正教真诠》《清真指南》《天方性理》《天文典理》《天方至圣实录》等，初宣讲，"从游者仅亲知中数人，而至光绪二十七八年间，大开讲席，发明身心性命之理，听者忘倦"。他的听讲者和追随者中不但有本地的回民而且还有一定数量的汉藏民。由于他的博学睿智和高尚品德，在群众中树立了极高威望。启西先生在讲学之外，也曾以十年的漫长时光做了静修功夫，"道祖于光绪十五年，放弃世情，恭默思道，乃悟真主之明命，得至人之品格"。

"夫木秀于林，风必摧之；堆出于岸，流必湍之；行高于人，众必非之。"光绪二十八年（1902），反对者以"夜聚晓散，树党结盟，倡奇立异，惑乱人心"等上告官府。先生及其追随者受到攻讦、羁押和迫害。

启西先生因惑于争端迭起，无有宁日，于是决意出行。他愤懑地说："孔子有微服过宋之举，老子有骑牛出关之行，吾将高蹈远行，以避此锋可乎。"光绪三十一年（1905）四月率门徒丁全功、马德胜、丁仲光第一次出行，受阻返回后又于光绪三十二年（1906）十二月"乃偕教生马英才、马建元、丁仲和"西行，在西域撒马尔罕留居一年，干功修道，随行马英才归真于斯地。身居异乡他国，面对挫折，启西先生教导随行者"素患难，行乎患难，素夷地，行乎夷地，若要熟也，须从这里经过，多一番挫折，放一番光明，由修身而净心而归真，吾道尽于此矣"。

先生的人格魅力，昭彰于世，他的伙伴们倾其全力助先生建立了集中国大同理想社会和伊斯兰的理想家园——宗教"乌托邦"（实体）西道堂"乌玛"的社会生活方式，"教生中如马正隆、敏学礼、丁重明或全输家财，或输家财之半，固诸生侠义之气，有以致之，然非先生耳提面命，礼仪之侵灌于夙昔者，曷克臻此"。

尹世彩评价道，"先生设教天命五功之外，别无所传之秘诀，步步从实处着眼，不使虚度。间设经济、政治、农圃数术诸端，无非道也，以主之财用于主道，不为私有”。

正是先生的社会组织能力和超凡脱俗的人格魅力，招来了无法避免的打击，“被仇视者无一日不禀诉，无一人不毁谤，……而先生之道益坚，而学者之信仰愈笃”。民国三年（1914）五月初一日，河南反袁义军白朗军队到达临潭，攻陷临潭旧城，地方反对人士以“通匪”之罪上告军阀马安良，“以通匪为名，无公文，无案卷即将先生枪决，从之死者，弟启晋、启华，子隆德，侄希隆。生徒苏占魁、马成功、敏学礼、丁全德、马德盛、孙真荣、马永顺、单复德、马世安、马世荣、马春光、马世贞，导河县教生马英贤、马万才、丁吉德、陆进才、马永录、马来比、马三九、陕麻进等。呜呼！天以道而禀诸人，人体道以合诸天，非性死而无愧，抑且死而弥彰也”。

尹世彩先生在马启西先生传中给予极高评价：“先生可与耶稣、路德、亚力斯多德、卢骚等相视而笑天上也，然而中国政治之黑暗可见一斑矣。”“是先生虽死犹生也，是先生之道犹未绝于人也，此好还之天道也。”1937年，著名历史学家顾颉刚先生在临潭考察时，感于马启西先生的事迹挥毫题赞：

立教化民为天下法；
以身殉道做百世师。

“圣人以天下为一家，中国为一人”（《礼记·礼运》），“圣人则以身殉天下”（《庄子·骈母》），是中国士人把个体的自觉和群体的荣辱联为一体。“为天地立心，为生民立命，为往圣继绝学，为万世开太平”，“志士仁人，无求生意害人，有杀身以成仁”（《论语·卫灵公》），成为许多仁人志士恪守的原则。他们把个人的生死荣辱，同国家的命运、民族的前途联系在一起，为自己的理想、国家和民族事业甘愿献身。何心隐、马启西何尝不是如此？他们的思想和事迹，是中国思想史、文化史、宗教史上光彩夺目的篇章。

一个被侮辱与被迫害者

——有关朱铁石的记忆

我们这一代人，是伴随着朱铁石的歌声长大的。那是在我们这样一个偏僻得不能再偏僻，小得不能再小的小镇上，曾经生活过的一个小得不能再小，命苦得不能再苦的小知识分子。20世纪70年代临潭县城甚或新城以上的西路人，大概都记得朱铁石这个精神病人。在我的孩提时代，他可是一位家喻户晓、老少皆知的人物。

自20世纪70年代上小学伊始，就每天路遇朱铁石。那时他三十岁左右，矮中个，黝黑的国字形脸，留着具有那个时代特征的小平头。冬春四季棉袄棉裤，很明显他的衣裤是那时只有国家职工才能穿的工作装。棉衣的前胸后背，左右臂膀，都缝着写满黑字和图形的白布方块。后背最大的那块方布上，绘制的是各种形状的机械齿轮图。手中终年提着一个一成不变的小铁桶。

每天无论刮风下雨，冰雪寒冬都要发表演说，有时是应路人的要求，有时是主动进行。有时驻足演讲，有时边走边说。一场演说少则几分钟，多则半小时。他演说的内容，至今让人记忆犹新的是“朱铁石发明了一种大炮，救了几千万朝鲜人民和朝鲜人民军。帮助中国人民志愿军打败了美帝侵略军”。

上世纪70年代中期，正是中国人民抗美援越的时期，有时应路人之邀，朱铁石会手握电话状，与越共领导人胡志明通话交谈：“喂！喂！喂！你是胡志明主席吗？我是朱铁石，我发明了一种大炮，马上给你运过来，帮你打败美国侵略者。”“喂！你是阿尔巴尼亚人民吗？

中国人民支持你们。”

当时人们说，朱铁石是“右派”，在文化大革命中被不同派性的人迫害成精神病。但在我的意识中，他的神志非常清楚。1974年之后，中国与阿尔巴尼亚的关系交恶，好像再未给阿尔巴尼亚人民打过“电话”。他对整个形势把握得非常准确，他演讲时从不说有违当时形势和政策的一句话，他演讲的开头语就是“打倒美帝国主义，打倒苏联修正主义”。他把毛主席语录和毛主席诗词熟练地引用在他的演讲中，甚至对其倒背如流。

白天手握电筒，有时又将手电筒换成马灯提着。人们对此要么熟视无睹，要么看作是精神病人的异行。现在回想，那不正是他对社会现实和个人命运不公的无言声讨与抗争吗?

据知情人说，“朱铁石救过朝鲜人民军”的演说并非空穴来风，1950年朝鲜战争爆发，中国人民志愿军赴朝作战，朱铁石曾有过一种威力巨大的火炮设计图寄给国务院，有人见过盖着国务院大印的收讫回函。

朱铁石为人随和，修养极佳。无论男女老少，只要说一声“朱铁石唱一个歌”或“老朱打个电话”，他都会在任何地方任何时候满足他们的要求。我们儿时唱的“嗨啦啦啦，嗨啦啦啦，天上出彩霞呀，地上开红花呀，中朝人民力量大，打败了美国佬呀”，就是跟朱铁石学会的，跟着他我们还学会了“雄赳赳，气昂昂，跨过鸭绿江”的《中国人民志愿军军歌》。在那个精神生活和物质生活一样贫乏的年代，朱铁石成了小镇上的一个明星人物。

但朱铁石有时也有金刚怒目式的抗争。1975年的“一打三反”运动中，临潭城关的民兵组织“棒棒队”，对朱铁石实行专政。“棒棒队”的大头目，人称“大板”的多效先，二头目人称“敏二板”，在朱铁石的身上施其淫威，朱铁石反抗了。我曾见朱铁石怀揣菜刀，兜装石头，怒气冲冲；我也见到朱铁石手臂受伤；“大板”头上裹着纱布，垂头丧气。当时，我和同学们为朱铁石的壮举，振奋了很长一段时间。

就这样伴随着朱铁石的“演讲”和歌声、他的喜怒哀乐，我们度过了小学中学的岁月。直到读完兰州的一所学校，就再也没有见到过朱铁石。听说是他平反后，被他弟弟接到北京生活。朱铁石从此在临潭销声匿迹了，偶尔在当地人茶余饭后的闲谈中还提到他的名字。

上世纪90年代初，在县人事局工作时，有幸阅读了朱铁石的人事档案，对他坎坷的人生经历有了一点了解。

朱铁石出身于名门大家，原籍甘肃靖远县三角城人，1933年生于北京。他的父亲朱镜堂，从青年时期就脱离地主家庭，考入北京师范大学，毕业后留校任助教，新中国成立后调任兰州大学总务长，任过甘肃书院院长。与章伯钧、贺耀祖、吴鸿宾、邓宝珊、刘荧交往甚密。1955年任甘肃省政协委员、民主同盟委员。他的母亲王书清与他的父亲是师生关系，新中国成立后任兰州二中会计。朱铁石弟兄四人，他排行老二。长兄朱燕石，大连工学院的高才生，后因当时政治形势中的所谓思想问题而失踪；二弟朱金石，北师大附中二部的学生，1953年毕业留校任教；三弟朱海石，北京十一中学生，毕业后在河北沽源拖拉机站工作。

朱铁石的一生注定是不幸的，从他一来到人世，就生活在颠沛流离中。四岁时“卢沟桥事变”爆发，他随家人逃到重庆，1942年入重庆新范小学读书；1946年其父调任西安直接税局副局长，他随父到西安入西安青年会小学，1947年考入西安圣路中学初中；1950年随父来兰州，考入兰州兴文中学；1953年兰州工业学校机械专业毕业。曾在甘肃工业所基建科、张掖电厂、张掖店面厂工作。1958年定为“右派”开除公职，是年调临潭机械厂，1964年调临潭手工业联社工作。

对朱铁石的迫害应是从他被定为“右派”时开始的，1962年至1964年他作为精神病人，在兰州精神病院治疗。但他在自传中否认自己是精神病人。从其档案看，他被定为“右派分子”，除个人有所谓的“右派”言论的因素外，也有家庭的因素。当时的甘肃省人民政府监察委员会对其父的鉴定是“此人政治态度为右翼分子主要人，据说参加过CC组织，思想意识很坏，搞派别，并和民主同盟内的进步分子经常对抗，主要因自己的政治地主关系，对我党表示不满，时常说‘大政策、大政府、天字第一号的张德生’”。在那种政治背景下，他岂能逃脱被定为“右派”，被侮辱、被迫害的命运呢？

从朱铁石的演讲到他设计的机械几何图，让我们感到他是一个很有才华的人，这与他的刻苦钻研和勤于思考是分不开的，在检查中他说“在课堂听讲，对特别感兴趣的比较精力集中联想实际学。学起来没有什么负担，轻松容易记住……。我不愿意抄别人的作业，或将教条搬到作业本上……。即便很难的问题，我很少问过人，予以花很多的时间去研究一道题，领会其精神与中心意思，做出后心中非常高兴，虽然有时苦一点，但我知道将来工作时就会非常轻松迎刃而解。我常担心，我将是否能够完成组织上给我的任务，假若不行就对不起祖国对我们的培养，时常提醒自己对这些课程的重视”。

在那个人人自危的恐怖年代，一个小知识分子不但要经受肉体上的折磨与疼痛，还要经历心灵和思想上痛苦的自我否定与梳篦。朱铁石在1959年的检查中写道：“一年以来，由于社会主义伟大的成就，由于党和人民团结一致，我到北京去了一趟，深深感到自己过去的言行是不正确的，使我感觉到自己存在着严重的资产阶级思想，不改变这种思想是无法走社会主义道路的，不过好这一关是不能同人民一致的、前进的。只有党才能领导今天中国人民走幸福的道路。我应该认识自己的罪恶，彻底改造思想，全心全意为人民服务。”

他向党保证：“过去我的言行对不起党和人民，今天应改变态度，努力劳动，改变我的思想；我的言论和行动一定要符合大跃进、大炼钢的实际行动；今后在党和人民的监督下团结工人，搞好工作，使自己重新做人；不怕吃苦，不怕艰难的克服一切困难，需要我做的工作，我尽量去做，不说对党对人民不利的话。”

当他在命运的重压下，稍有一点喘息的缝隙，也会迸出一点黑色幽默，在1966年5月19日的《参加革命前后的履历表》“其他需要向党说明的问题”一栏中写道：“现在三十岁了还没有办法娶婆娘。”

朱铁石从刚进入而立之年始，到知天命之时，二十多年的大好时光，他都是以“右派”分子和精神病人的双重身份，住在收容所（今城关派出所隔壁吴家楼房，现已拆除），游荡在临潭县城的街道上。

或许精神病是护身符，让他苟延残喘到平反昭雪之日。但我们无法感受他经受这一屈辱时的痛苦。

朱铁石摘去“右派”帽子，文件是这样写的：“按照中央（1978）55号文件精神和中央关于划分右派分子的标准，经县委常委会议一九七九年三月十三日研究决定，朱铁石同志的右派纯属错划，应予纠正，撤销原来决定，恢复政治名誉。”我不知道朱铁石是幸还是不幸，也不知道他的政治名誉是什么，但我只知道他的一生和他本人随着这一纸文书而消失了，像春风吹拂之下的冬雪消失得无影无踪了。

在资堡遇到中国最后一位土司

中国最后一位土司昝振华依然健在的消息，是在2006年年中得到的。2007年2月，笔者和县民族宗教局工作人员丁志胜、摄影师高云一早从临潭县城出发，前往新堡乡资堡村采访。

“土司僧纲”制度是明王朝取得政权后为加强民族地区的统治而建立的一种“以本土之人，司本土之事”的行政控制措施。在明清两代发挥了重要作用，其影响一直延续到民国时期。

洮州地区主要有“三土司五僧纲”。三土司中势力最强者当数卓尼杨土司，其次为资堡昝土司，再次为流顺沟卓逊小杨土司。

据成书于光绪三十三年（1907）的《洮州厅志·卷十六番族》记载：“土司昝天锡，居城东南二十里资堡。始祖南秀节，系洮州卫底古族，西番头目，于前明洪武十一年（1378）率领部落投曹国公（李文忠）；十二年（1379）督修边壕域池；十九年（1386）随马烨征叠州，以功授本卫世袭千户所百户之职。守隘招中。南秀节子卜儿节于洪武二十年（1387）承袭，二十五年同指挥李凯招抚番夷等认纳茶马。永乐三年奉右军都督（李达）题，奉旨卜儿节赐姓昝。宣德五年（1430）以护送侯显功升本卫实授百户。宣德七年（1432），随都督李达招抚火藏等族番夷，收买茶马；八年（1433）招抚生番喇章（今迭部拉子一带）等一百七族。正统二年，奉右军都督堪合饬知昝卜儿节，着令同土官正千户昝乩秀管理伍总甲番民。”

昝土司世袭制从南秀节到昝振华共十九任土司，经历了明、清、民国近五百七十年历史。其中明朝八任，清朝九任，民国二任。

其管辖的地域东至露元族（今龙元一带）五十里；南至若龙巴山（今总寨若巴山）七十里；西至乌藏族（今斜藏、甘藏一带）八十里；北至上达窝族（今卓尼县洮砚乡上、下达窝一带）一百里。“所管辖番境七族，共七十六族。管理暗门一处、隘口三处、番民三百八十四户。”“设土守备一员，千总二员，把总二员，经制二员。外委二员，报部番马兵五十名，步兵一百名。”管理的暗门有乌藏暗门、红腰岘隘口、铁缠山隘口。

昝姓南秀节家族在明代贡献了一位随郑和两次下西洋“五使绝域劳绩与郑和亚”的侯显。民间有“侯昝一家”之说，即为同宗。王俊英、敏文贵等在《临潭县的昝土司》调查报告中指出：“昝土司祖先与圆城寺创建人明太监侯显（事见《明史·侯显传》）同宗。每逢正月初三日侯、昝两家一同祭奠祖茔，坟在侯家寺对面山坳里。现已夷为平地。”昝家原驻地为新城东山村，昝土司十一世昝继祖，于清康熙三十三年（1694）奉文札，委驻流顺眼藏族。十三世昝朝龙于乾隆四十六年（1781）呈请改驻洮河北岸资堡族。此前一度在资堡村附近的枇杷村驻扎。

昝振华的父亲昝善庭（1899—1971），名天元，字善庭，与光绪二十年（1894）承袭土司职的昝天锡为弟兄。民国十七年（1928）昝天锡去世，其子昝振烈承袭土司之职，昝振烈年幼，由其叔父昝善庭代管土司事务。民国二十二年（1933）昝振烈夭亡，其无后可袭，土司之职由昝善庭之子昝振华承袭，此时昝振华年方七岁，仍由其父昝善庭摄政。1941年国民政府已将土司制改土归流，所谓土司承袭只是有名无实。国民政府临潭县将境内的土司僧纲所属部分藏族村庄合编为同仁乡，由昝善庭任乡长。1947年昝善庭辞去乡长一职。1949年9月临潭县解放后，昝善庭仍任同仁乡乡长，1956年调任政协临潭县副主席，1972年病逝于临潭新城镇东山村，享年七十二岁。

2007年2月7日，我们一行驾摩托车一早自县城出发，从岷合路经卓尼县城，在新堡渡口乘铁船渡过洮河，约中午12点到达资堡村，资堡村坐落于洮河之阳，背山面河，视野开阔。翻过背临的大山向北步行三十多里可达昝土司原驻地新城东山村。早春二月，是农闲季节，妇女们聚集在村头的空地晒太阳、做针线、扯闲话。我们向她们打听昝爷家的住址，她们随手一指，不远处几位老人在春日的阳光下谈笑风生，其中一位身体硬朗魁梧的老人，我们确定他就是昝振华老人，见面说明来意后，他领着我们直奔他的家中。在他新修的房子中接待了我们。

问：订正一个问题，土司衙门在明清时期是藏族聚集地的一个重要的行政管理机构，那么昝土司衙门为何设在了资堡这样一个小村庄？

昝：是这样的，土司衙门原来一开始设在流顺乡的眼藏，后来又转到附近的琵琶（枇杷）村。最后才来到这里。

问：土司的任命应该有官方文书，现在还有遗存吗？

昝：现在啥都没有了，一场文化大革命，把啥都做没了。

问：从历史看，阿爷的父亲昝善庭应该继承土司之位，他为何没有继承？

昝：当时我正在上学，他是代理聘务，（丁志胜插话：你的堂哥哥是土司，是按辈分来的），哎！对，我的堂哥哥当时是土司，去世后由我继承，我父亲摄政。

问：阿爷还参加过工作是不是？

昝：参加过，但时间不长，也就两年左右。

问：是在县上吗？

昝：不是，在卓尼杨司令的司令部，正是在解放的1949年前后，我在工作的时候，共产党还没成事，工作了六个月后临卓就解放了，卓尼司令部和平起义了。当时卓尼司令部成立了一个营，我在那个营里当连长着呢。那个时候土司制度已不复存在了，民国二十七八年（1938、1939），土司改土归流了，上粮全部归临潭县政府。土司的地域改成了乡，称为同仁乡，当时土司职位继承也没了仪式，过去料理一下衙门事务，因为百姓也没有了。

问：听说你还到南京学习过是吗？

昝：南京我没去过，我是在西安学习的，当时叫黄埔军校西安分校，在这个学校学习军事一年半，后来又在兰州学习一年，共两年半。兰州学习的地方也叫黄埔军校的七分校，地址叫东校场，大概就是在现在的东方红广场一带。土司衙门事务有我父亲管理，与我一起学习的人都过世了，旧城尼还有三个人，不知道还在不在世，一个叫马剑虹，一个叫敏述堂，一个叫马继祖。

问：民国十七八年（1918、1919）阿爷土司职务继承啦？

昝：那时我还正在学校读书，解放以后我就在司令部，1949—1951年当了三年连长。当时家里没劳力，庄稼没人种我就回家了。1961—1964年在当地小学当了四年教师。农业社成立后又在队里当了六年会计，后来就一直是政协委员。我们昝土司管理的有七个旗下，我父亲管理的时候土地已丈量了改土归流了，当时就是同仁乡，我父亲是乡长。迁资堡的时候大概是康熙朝，从坟园的碑字上我好像看到过，迁到这儿的原因，据老辈人讲是地形险要，前面是洮河，走卓尼是一条石崖，翻山背后是一道沟，易守难攻。同仁乡没有成立前，由于管理旗下不方便，就在侯家寺设立了同仁乡政府的办公地点，昝土司、卓逊杨土司、庄子温布、侯僧正是侯家寺著名的四大寺主。

马：阿爷今年高寿？

昝：今年八十六了。

丁志胜：昝土司管理的旗下，旗长是汉族还是藏族？资堡好像没有藏民。

昝：旗长全部是藏族，资堡分为两部分，东边的是汉民，属原洮滨乡，西边是藏族属同仁乡。现在同化了说藏话的没有了，我本身不会藏语，没有学过藏文，小学是在新城上的。我原来在新城东山，由于这面没有后代，就过来继承产业来了。我父亲原来就在东山。我现在的新房已盖了四年，现在的住房正是过去的衙门的地方，有一个不甚坚固的堡子。我有五个儿子，四世同堂，我在老二家坐着呢，都在资堡居住。藏传的经也不念了，现在全部照汉民的方式行着呢。虽然土司制度不存在了，但土司还在，自己给自己当土司，从我记事起，给土司上粮的已不存在，庄稼我自己种着呢。

昝振华老人于我们采访五年后的2012年去世，当时我们陪同天水“安特生博物馆”（瑞典生物学家）馆长刘大有先生，参观侯家寺时听到这一消息的，当时侯家寺及附近的僧俗群众都前往资堡村参加他的葬礼。按当时年龄推算，他生于1921年，去世于2012年，享年九十一岁。民国二十二年，1933年世袭土司之职，他一直在新城求学，1947年到西安、兰州上军校，其土司一职由其父昝善庭代理。

我们为在土司制度消亡六十多年后，能见到这位中国土司制度存在和消亡的亲历者和见证人——中国当时唯一健在的一位土司而感到庆幸。他说的那句“土司制度没有了，但土司还在，自己给自己当土司”一直回响在耳畔。

中国抗日救国军甘肃第一路军司令李和义略记

李和义，又名李中方、李仲芳。原为国民党岷县鲁大昌新编十四师旅长。1936年8月，红四方面军长征到达岷县时参加红军，在临潭时被任命为中国抗日救国军甘肃第一路军司令。

据新修的《李氏族谱》载，李中方，学业恪成，才学俱佳，写一笔好字，说一口流利的藏语。与夏河地方众多德高望众的僧俗人士交往甚密，当时亦结识夏河拉卜楞保安司令黄正清。并受聘担任衙门师爷一职，人称“李师爷”。在夏河衙门任上绩效显著，人缘亦佳，才能出众。

李和义有大小两房妻子，居住临潭的是小房妻子所生一支，有弟兄四人，居住古战乡包家寺和大尕村。长子李润喜享年八十七岁，2005年去世；次子李成喜八十五岁去世；老三李氏八十三岁去世；老四李元喜八十一岁，现在世。大房妻子所生四子居住于永登县。李和义手下有四个营长：冶力关池沟的黑营长、北山的黄营长、羊化的孙营长（孙德民）、包家寺的马三虎马营长，马是一个富裕的商户，在旧城开有马家店等商号，给李资助军费。他是李的妹夫，就委以营长一职，没有带兵。

1936年7月，中国工农红军长征到达甘川境内，“听说朱德总司令到了临潭、岷县一带，要去青海，我就派副官李和义（汉民，河州人）化装成藏民，骑马去临潭联系，以便为红军带路。李与红军联系上后，由于红军改向西和、礼县一带，不去青海，向导的任务没有了。红军给李和义一个抗日队伍的名义，让他跟上一起北去，走到中途李和义却不走了，自己拉到山里另谋出路。对于他的下落一直不知道”（《黄正清回忆录》载《拉卜楞寺与黄氏家族》384页，甘肃民族出版社，1995年）。李率部投诚红军，一路随行带路当翻译到达迭部腊子口，暗中密联卓尼土司将迭部粮仓粮食补充接济红军。后随朱德总司令到达岷县哈达铺，并在岷县休整。

据李元喜回忆，他的长兄润喜一直跟随父亲李和义，他曾对我说过：有一天晚上，在河边朱德和李和义交谈，朱问李：“我们准备攻打二郎山，你看如何？”李听后说：“二郎山不可打，二狼对一猪（朱），是大将犯地名，我又是在鲁部（鲁大昌部）干过的人，于情于理都不好弄，你们还是走吧。”所以民间传说的“大将犯地名”之说，并非空穴来风。

在岷县休整后，李和义和黄火清等沿河阴到羊化，过了羊化桥，在羊化李的哥哥家吃了顿饭后到青石山，晚上到新城隍庙驻扎。8月19日，朱德总司令从岷县三十里铺连夜赶到临潭，在新城隍庙参加了临潭苏维埃政府成立大会，会议结束后朱德又赶回岷县。会上李和义被朱德、徐向前任命为“中国抗日救国军甘肃第一路军司令”，后率部随红军奔赴抗日前线，途经漳县新寺镇遭敌伏击，兵败与红军失去联系，返回冶力关。朱德在成立大会上亲手书写了任命李和义的三幅布告，以张贴岷、洮、河三州。河州的一幅，交由给李和义运粮来新城的麦务土官完代才让去张贴。完代才让一直保存到解放后。1982年由甘南概况编写办公室发现，收在甘南博物馆保存。会上朱德还应李和义等临潭人士的要求赋诗一首：“行上西北气昂然，长征万里实可怜。抗日反蒋星夜渡，为国跋涉到临潭。”并悬挂于主席台上。这就是后来著名的“朱德诗赠刘寿山先生”的那首诗，其实其并非为刘寿山而写，刘当时在李和义部任职，是个文人，所以他就收藏了该诗。有专家因诗中有“可怜”之句和不合平仄等原因，否认这首诗是朱德所写，李元喜老人回忆说：“我的大哥李润喜当时就在写诗的现场，这首诗千真万确是朱德所写。我父亲李和义和朱德的关系非常好，称得上是称兄道弟，有一次朱德拍着我大哥的头说这孩子有前途。我大哥不长头发，在世时经常自嘲：‘我的命苦，被朱德摸了一下就再也不长头发了。’”

解放前的中共甘肃省地方党组织陇右工委的负责人牙含章曾经记述道：“这里特别值得一提的是，当时有一人叫李和义，临夏县人，曾在旧军队中做过事，当红军二、四方面军到达岷县时，李和义率领数百个农民参加了红军，其中就有王仲甲。后来红军二、四方面军向陕北转移时，李和义带领的那数百个农民脱离了红军，而被国民党的军队打散了。……另据有的同志调查，李和义后来叛变了革命，杀害了红军派去的两名政工人员，进山当了土匪。”

王仲甲“又与鲁大昌部的团长李和义取得联系，策动了一团的起义，组成抗日义勇军，随四方面军西进，被敌阻击打散，失败后，王仲甲、李和义在勒巴佛的寺院里隐蔽数月”。

1937年，抗日战争爆发以后，国共二次合作，八路军在兰州设立办事处，当时王子元根据八路军办事处的指示，在兰州组织了一个“甘肃在乡军人抗日联络委员会”，广泛联络赞成抗日的在乡军人，开展抗日民族统一战线工作。李和义、王仲甲、肖焕章同时来到兰州，参加了“甘肃在乡军人抗日联络委员会”。他们的日常工作则由当时的中共甘肃省委派来的窦志安同志领导。

李和义在兰州参加“甘肃在乡军人抗日联络委员会”返回临潭后，为酬抗日壮志，组织在河州招兵买马，准备东山再起，然因参加红军一事，遭鲁大昌忌恨而被通缉。据李和义嫡孙李彦祖口述，鲁命地方保安队朱秀山（朱营副）联同临潭县长徐文英将李捉拿归案，李和义听到风声后，带着随从连夜奔走到大岭山赴油房沟，这时朱已带大队人马与县衙门徐部到达。夜晚驻扎在羊沙前山庙里过夜，李和义听到后连夜带随部从油房沟到羊沙打听消息，天刚亮，听牧羊人说，朱就在前山庙里。他们便来到庙前埋伏，这时朱秀山刚起床来到庙门外，伸了伸懒腰，说时迟，那时快，李的手下趁机向朱开了一枪，朱爬到庙前的一棵树上，李和义又甩手一枪，把朱打死，割下头颅拿到冶力关，在冶力关大桥（泉滩木桥）悬挂多日。

朱营副名叫朱秀山，是冶力关解家磨人，时任地方反动民团的营副。红军撤离冶力关时，朱秀山纠集地方势力杀害了当时在冶力关的红军代表工作队队长徐登云等五位同志，朱的双手沾满了红军烈士的鲜血，他不仅是杀害冶力关工作队的元凶，也是杀害吴家沟、马营河四位掉队红军的凶手，李和义除掉了这个刽子手，也算是为被害的红军战士报了仇。

杀了朱秀山后，李和义继续在洮河流域躲藏，然而被奸细告密，于1939年在卓尼扎古鲁镇录日岔村被藏兵抓获，交国民军押往岷县，就义于岷县二郎山。

牛师爷和他的祈雨赠幛

祈雨是各宗教各民族共有的文化现象，中国的儒释道都有其传统。汉代董仲舒在《春秋繁露·求雨第七十四》中为中国儒家设置了一套完备的求雨仪轨。他说："春旱求雨，令县邑以水日，祈社稷山川，家以祀户，无伐名木，无斩山林。"

民国十二年，即公元1923年洮州地区大旱，禾苗干枯，河流中断，人畜无水可饮。临潭官绅、乡贤敦请洮州地区著名汉僧牛慧远设坛祈雨，事后赠联赠幛各一幅。幛长三米，宽一米，质料为大红锦缎，配对联一副。

大和尚慧远禅师法教

妙法拯旱苗普济九畴占润泽

灵符祈甘雨皈依三宝颂能仁

保擢简任职临潭县行政长晓霞蔡景忱拜读

大中华共和民国十二年，岁在癸亥，南吕上澣穀旦，阖邑士庶人等，恭颂大方丈、甘肃临潭县敕建永宁寺汉僧长、佛学会大禅师慧远大和尚，祈雨效灵法教纪念文。

盖闻藏经独秘于天方，佛法无缘于俗子，故玄奘西去不解无字之真，达摩东来难寻传灯之替，若夫得衣钵于正宗，证菩提之上乘，僧之具灵蒂有宿根者，其惟我慧远禅师乎！

师俗姓牛，幼持瑜伽，上广下缘，法号慧远。其根基既深，渊源迥异，剃度于永宁云溪上人。

生而警敏，俨同宝给透玲；长而丰姿，宛是妙莲化体。受大戒于嘛呢，兰若品高金阜之山，完玄机于普门梵宫，行满甘泉之府，飞锡于古山驿重兴寺澄澈惠济大和尚之心传，说偈于禅和子比丘坛，悟参临济十九代之正法，传戒于五凉大云之刹，留法于三宝永宁之堂。

虽袭本县汉僧长佛会大禅师，而师之见性明心，度人济世，直与五祖六祖媲美，沙门生公远公争辉衲子。不意大清末造邪火侵丹，宣统二年天魔入道禅房，遭回禄之灾，经卷遗炉灰之憾，十七世龙章凤篆片纸无存，三千册贝页梵文一焰俱化，檀越感超升之穷法，徒叹剃度之厄。

师于是遍游五岳，历访三乘。入河湟印心之丛林，拜天竺知觉之罗汉。所幸只园秘谛重教白马驮来；灵鹫宝藏喜见苍龙捧下。邑之凡胎肉眼尚未之奇视，彼金函玉笈徒知其夥。

今岁癸亥之夏，旱魃逞凶，都人士祈祷无灵，乃延师而叩以术。吾师欣然纳之，爰于五月念一日，除邑之城隍庙坛设先天位供三圣，交乾坤坎离之旗，调风雷山泽之气，诵周易之系辞，取诸阴阳交泰，按普庵之符咒，直教神鬼奉行，伫看云生西北，风返周郊，雨降东南，祷灵商野，登岭则跣足分忧，绕坛而醍醐灌顶。

方计布罡三日，果然佛法无边，既霑甘露十分，真个藏经有效，阐前人蒙昧之神奇，启后学鼎新之妙用。师之功德岂不高如须弥山，广似恒河沙数哉。

至师之醉酒，吟诗乃六尘之色相；学书作医亦五蕴之空情。兹因法雨及时，阖邑俱登欢喜地；慈云普荫，众生同具皈依心。

会议制锦颂德，请叙于余。余与师为方外交，相知最深。不觉乘东坡之兴，写佛印之真也。爰濡毫以述生平，永矢大旱作霖之纪念云尔。

六等文虎章、临潭旧城保卫团总、前德格县行政长、俗

弟宋师孔鞠躬撰

七等嘉禾章、临潭县自治教务长、前焉耆县行政长、俗弟杨茂春鞠躬书

临潭县旧城汉族绅、学、农、商各界，全体社会公民等仝鞠躬赠

牛慧远（1876—1960），名广缘，字慧远，俗称“牛师爷”，号禅师，生于临潭县术布乡普藏什村。幼入私塾，受到良好启蒙教育。后出家永宁寺，在云溪上人座前剃度。及长，得衣钵正宗及菩提上乘之学。后又受戒于五凉大云寺悟玄机宜法及大禅法师。光绪三十三年（1907）加入“哥老会”，并任龙头，民国六年（1917）入西宁英星寺深研佛理，历时六年，并研习《本草纲目》等中医典籍，亲受名医高僧慧能的秘传，尽得其师医术及所有医学经典，经刻苦钻研，中医造诣极深。民国十二年（1923），携百卷佛经返里，继任永宁寺住持，并收徒讲经，弘扬佛法。后遍游五岳，历访三乘。晚年在修身悟道之余治病行善，名扬遐迩，广交名流，并担任“哥老会”大爷、红帮昆仑山主。民国二十九年（1940）被选为临潭县志编委会成员，新中国建立后曾任临潭县政协委员、甘肃省佛教协会理事。牛慧远多才多艺，善书法，能诗文，多与文士作诗和韵。1960年病逝于临潭县古战村，享年九十四岁。

牛师爷有许多逸事在民间广泛流传，他的一大壮举，是在有生之年，自己主持为自己大办葬礼，规模空前，超凡脱俗，让世人刮目相看。另一神奇之事是“鬼抬轿”。夜间出行，役使鬼魂为他抬轿。一次他从普藏什家中乘“鬼抬轿”，前往古战村，途经采子村时，巧遇鸡鸣，抬轿之鬼闻声一哄而散，牛师爷轿落被摔；另一次是他夜乘“鬼抬轿”从旧城永宁寺回家，无意间看到亡故的父母在给他抬轿。据说鬼王不堪役使，故意让其父母役差。从此之后他放弃了“鬼抬轿”法术，终身未再使用。

从幛文的赞词中可看出，此次祈雨大获成功。而且牛虽为佛教汉僧，但在祈雨活动中除按佛规行事，且以道教设坛，讽诵《周易》，

运用八卦，调用鬼神。充分显示牛慧远的佛学造诣、儒学渊源、道学修为；当然更说明洮州地区儒释道的相融与相和。

幛文的审阅者，是时任临潭县长蔡景忱，字晓霞，甘肃武都人，生平不详。

幛文的撰写者是宋师孔，字竹青。临潭旧城南街人，前清廪生，著名乡绅，曾任四川德格县县长。民国初年携旧城士绅创办临潭第二高等小学堂，并任校长，甘肃省政府授予二等“嘉禾章”奖。

幛文的书写者是杨茂春（生卒年不详），字子林，临潭县龙元乡人。聪敏异常，为人诚笃，以孝友闻名乡里。童子试名列第一。光绪十三年（1887）中举，翌年荐任文县教谕。数月后父病逝，抵家礼葬毕，洮州厅守熊振檠慕其品学，聘为莲峰书院讲习，门下无浮华之士。光绪二十八年（1902）选授西宁县教谕，一时湟中人文蔚起，甘督升允称其能，建议以知县用，并奖授同知衔。宣统二年（1910）分发新疆，晋谒抚军杨增新，委谘议局常驻议员。他勤慎政事，案无留牍，三年后调迪化府（今乌鲁木齐）任地方检察厅检察官。法外施仁，明察办案，诉讼井然。后调绥来县，赴任后建学校、办实业，整顿警察，严禁刁民兴讼，日理狱案多件，作案犯法者一时敛迹。适有大员巡查至绥，竟无诉讼，大员甚为惊讶，始知该县无冤民。旋调焉耆县，因衰老辞归乡里，精研哲学，深得奥理。

牛慧远的“祈雨赠幛”，距今已九十六年了，它是临潭不可多得的方志史料。通过它可管窥百年前临潭先辈们的精神生活。

下编

著作代言

华夏绝唱

——《中国回族经堂歌汇编》序

伊斯兰教自唐代传入中国以来，其传播在明末之前基本是一条腿走路，即回族用汉语为共同语言之前，阿拉伯语、波斯语为中国信仰伊斯兰教的人所共用的语言。

明末清初之后，中国伊斯兰教的传播，开始两条腿走路，即回族已用汉语为共同语言，原来使用的各种民族语言在日常生活中失去意义，经堂教育倡兴于西北，阿拉伯语和波斯语成为经堂用语，即宗教用语之后，东南地区的穆斯林学者开始用汉文译述伊斯兰教教义。

明代中叶，中国封建社会发生变化，明王朝开始闭关自守，实行海禁，中外贸易和交往大大减少，回族作为日趋稳定的社团，经历了一个内部发展的时期，逐渐形成为一个民族共同体。周燮藩先生总结为：第一，回族已用汉语为共同语言。明朝末年，回族中能读阿拉伯文和波斯原文原著的已经不多，因而产生了汉文译著运动。第二，因为伊斯兰文化的传统背景、类似的社会境遇、密切的经济联系等因素，共同的民族感情已经产生。第三，伊斯兰教成为回族的一个共同要素。伊斯兰教直接影响着民族共同体的社会、经济和文化生活，长期关联着回族的发展和变化。伊斯兰教不仅仅是回族共同的信仰，维系共同的民族心理和民族感情、维护内部凝聚力的精神纽带，而且渗透到社会生活的各个领域，促使形成共同的价值观念、伦理规范和风俗习惯（《伊斯兰教在中国》）。

明末清初，汉文译著活动的兴起，是中国穆斯林民族社会经济发展的结果。中国伊斯兰教经堂教育，自胡登州创立，继后倡兴于西北，东南地区的穆斯林学者开始用汉文译著伊斯兰教教义。汉文译著活动的目的“不但使吾教人容易知晓，即儒教诸君子咸知吾教非扬墨之道也”（《四典要会·马兆龙序》）。对内使穆斯林能阅读经典，遵奉教礼，排斥异端，维护正统信仰。对外则增进社会对伊斯兰教的了解，减少种种隔阂和误解。可以说，这是中国穆斯林学者发起的一次护教辩教的宣传活动，也是中国穆斯林内部振兴宗教信仰的自救活动。

汉文译著活动自明末至清末历时约三百年，《中国回族小史》将其分为两个阶段。“王岱舆至刘智，是一个阶段。马德新、马联元是一个阶段。第一阶段，译述和发表的地域以金陵为主，内容或专译一经，或专述一理论体系。其主旨几乎全在宗教哲学和宗教典制方面。汉文译著活动始于明末，自成体系立论正确的译述，始于王岱舆。这一时期的代表人物和主要代表作有王岱舆（1592—1668）和他的《清真大学》《正教真诠》《希真正答》；张中（约1584—1670）的《归真总义》《四篇要道》；伍遵契（约1598—1698）的《修真蒙引》《归真要道》；马注（1640—1711）的《清真指南》；刘智（1655—1745）的《天方性理》《天方典理》《天方至圣实录》《五更月》《天方三字经》《天方字母解义》等。

第二阶段，译述和发表地域以云南为主，内容方面已有扩展，由宗教哲学、宗教典制扩及天方历法、地理和《古兰经》汉译。这一阶段的代表人物和代表作主要有马德新（1794—1874）和他的《大化总归》《四典要会》；《古兰经》最早的汉译本《宝命真经直解》（前五卷）；马联元（1844—1895）的《辨理明正语录》等。蓝煦的《天方正学》、花湛露的《天方道乘启径浅说》等。除上述两阶段外，民国期间和新中国成立后，由于大批留埃学生的归国，也掀起了汉文译著运动，涉及领域更加广泛。代表人物和代表作主要有王静斋、马坚的汉译《古兰经》；庞士谦和他的译作《回教法学史》《回教哲学史》；陈克礼和他的译作《圣训经》《从穆罕默德看伊斯兰教》；纳忠和他的《阿拉伯通史》、译作《阿拉伯伊斯兰文化史》等。

周燮藩先生指出："汉文译著活动的兴起，反映了东南回民社团的扩展和汉文化程度的提高，才可能出现既通经书，又习儒学的知识分子。而形成不久的回族在强大的汉文化影响下，为适应生存的社会环境，必须与中国传统文化相协调。同时为了民族的生存和发展，又必须消除被同化的危险。汉文译著活动的兴起，不仅满足只懂汉语的教民学习宗教知识的需要，更重要的是向汉族统治者宣传伊斯兰教，求得他们的了解和支持。穆斯林学者在著译过程中，'悉本尊经，参以典籍'，采用中国传统文化的概念、素材，加以融合、改造，以阐发伊斯兰教教义。尽管'以儒诠经'是迫于社会环境而采用的方式，其自保自存的目的也势必如此。但这些著译毕竟对伊斯兰教义与中国传统文化的结合做了成功的尝试。"（《伊斯兰教在中国》，周燮藩、沙秋真著，华文出版社）

马广德先生是一位勤奋、严谨的青年学者，大学毕业后，无论是在中学教师的岗位上或大学的教学工作中，都没有松懈对学术的追求。他热爱回族文化，献身学术研究事业，现在在学术研究单位更是如鱼得水，硕果累累，发表论文近百篇，出版了《回族对联》《回族口头文化览胜》两本专著。《中国回族经堂歌汇编》是他的第三部专著。这部著作汇编了"广泛流传在回族群众中的普及有关伊斯兰文化和回族历史文化知识的各种体裁的诗词、民间歌谣和诗歌体传说"。内容包含了教义、典制、劝鉴等各个方面，涵盖了明末、清代、民国等各个时期的作品。回族经堂歌既是明末清初汉文译著活动的成果，也是汉文译著活动的拓展和延伸。回族学者为自己宗教的发扬光大殚精竭虑和良苦用心，以及本民族化的宗教文化从中可见一斑。

综观《中国回族经堂歌汇编》，让人浮想联翩，中国各民族人民共同创造了光辉灿烂的中华文化。正如美国哈佛大学教授、新儒学代表人杜维明先生指出的："很多问题使我认识到，17世纪以前讲中国传统是儒、释、道三教，到了17世纪有人称之为四教，其实在17世纪的时候，中国应该是五教，三教外加伊斯兰教和基督教，因为那时伊斯兰教在中国已经传播了大概有上千年。"（《文明对话的发展及其世界意义》，载《回族研究》2003年第3期）那是一个幸运的时代，它产生了一大批精通儒学的回族学者和思想家，那是一个让人骄傲和自豪的时代，在那个时代一大批中国穆斯林学者为世界伊斯兰奉献了后人难以企及的思想和文化成果，也为儒学洞开了一种全新的境界，为丰富中华文化做出了巨大的贡献。

汉文译著运动不仅仅是伊斯兰和儒家文明的对话，而是两大文明的水乳交融。回族是伊斯兰文明和中华文明相结合的产儿，中国回族的血脉中既流淌着伊斯兰文化的血液，也流淌着中华文化的血液。正如一位回族诗人写的那样：

伊斯兰和儒道
这东方的两个星座
是哺育我们民族的两只乳房
只有中国
才是我们唯一的祖国
我们不是迁徙而来的过客
我们是七百多年的土著
我们血脉中有黄河长江
我们心灵里有孔子孟子
我们的细胞里储满了
中华五千年文明的因子

——敏彦文《回族的祖国》

文明对话，特别是伊斯兰和儒学之间的互相理解、互相对话，不仅有国际的含义，在建设国内和谐社会也有深刻的含义。《中国回族经堂歌汇编》的出版，就是为这种文明之间的理解和对话提供了实物资料，在这样的背景下，不可不谓有其深远的历史和现实意义。“中华民族的再生当然是一个经济现象，也是政治现象，同时也有军事含意，可是还有更深刻的文化信息。这个文化信息，就是希望中华民族的再生为世界和平重组提供文化思想的资源。伊斯兰和儒学的对话应该成为这个重大的课题的精神资源的非常关键的一部分”（杜维明语，同上）。

适值《中国回族经堂歌汇编》出版之际，广德君嘱我为序，惶恐有加，深感情有余而力之弱，只以此读后感权且充之，谬误之处，敬请方家匡正。

碧云轩的孤独者

——《白岩诗集》序

白岩是我的好朋友，也是我敬重的诗人。和他交往已逾三十年，我了解他的为人。他浑身充满了诗人的气质，嫉恶如仇，感情充沛。尽管他务过农经过商，但这都无妨他在诗的艺术之路上彳亍而行，因为他是性情中人，诗是他生命的重要组成部分。

白岩对诗的爱好，对诗歌艺术的追求伴随了他的一生。在他幼年时期迎来了共和国的成立，他与那个时代的中国老百姓一样，经历了中国社会的痛苦与磨难。无论是在逆境还是在顺境。他都没有放弃他所钟情的诗歌爱好与创作。一个人有爱好不足为奇，但一辈子锲而不舍地保持住这一爱好实属不易，这就是他的执着，是他的精神，也是他的品格。

我是白岩的朋友，也是他的读者，我和白岩在他的“碧云轩”，在郊游中讨论人生，谈论文学，品评诗歌，有过分歧，更多的是契合。我爱他的诗歌，与当代人味同嚼蜡的古体诗相比，他的诗意境高远，诗味浓郁，用典精到，现实主义与浪漫主义的情感溢于言表，他的诗属于一个时代，是那个时代社会最底层民间知识分子的呻吟和呐喊。

我是白岩诗歌的忠实读者，我对他忠实记录历史的史诗精神由衷敬佩。从1960年开始至今，他的诗对所发生的重大事件都有反映。他以白描的手法忠实记录了上世纪60年代在中国大地上发生的天灾人祸的一幕：

夕阳残淡近黄昏
千户无炊万户空
长者枯槁倚墙立
儿童哭号指瓢盆

——《人间》

军营马粪堆
群童觅豆食
双膝跪蚁行
两手刨粪稀
一豆半成粪
余半充肚饥
浑身污臭味
口角带粪汁

——《河滩目睹》

从他的诗中我们隐约看到诗圣杜甫诗风的传承。白岩诗风高古，意境空灵：

访菊东篱赋秋闲
一样精神仔细看
黄花深知余心乐
借依西风整凤冠

——《重九日随笔》

春山叠翠径回通
锄荷清白晚霞中
月语人意送归影
门前五柳尚古风

篱边邀月扶花影
庭前留春觅诗魂
——《春日抒怀》

一个蛰居在“碧云轩”（白岩室名）的大隐形象跃然纸上。

一杯绿茶看山饮
半生愁绪望水消
秦朝人事莫须问
且与陶令共逍遥
——《再度去鹿儿沟参加大学生夏令营之四》

他以20世纪最后一个理想主义者的歌喉，畅吟出一曲当代隐者之歌。

白岩作诗深得唐诗三昧，杜甫史诗，李白豪情，访古凭吊，云霄放歌，唐风异彩无处不现；写景写情，寓情于景，朴实中透露着高雅：

柳丝著水不胜烟
曾是昔日诗思泉
几处遗迹今何在
留得憔悴又一年
——《再游下树滩》

八木烽墩旧烟冷
羊巴古城蒿艾高
千里洮水流不尽
至今犹唱哥舒刀
——《八木墩怀古》

天边雨白向晚空
山头云落起西风
应是无眠声在树
却逢幽思入梦中

——《秋初雨夕》

北斗七星照万家
不见哥舒刀影斜
满目凄凄临洮路
马蹄声碎惊尘沙

——《临洮路随笔》

细品白岩的诗，有的娓娓道来，似和风细雨；有的拍岸而起，如惊涛翻卷；有的金刚怒目，如临大敌；有的激情澎湃，仿佛烈焰火烽，读来让人浮想联翩，回味无穷。

白岩是真正的诗人，对所有真正的诗人我怀有崇高的敬意，只是我笨拙的笔无法表达对他们的尊敬。《白岩诗集》要出版了，我就借黎巴嫩伟大诗人纪伯伦的话向诗人们致意：

他孑然一身，形单影只，以淳朴为衣，以温柔为食；他坐在大自然的怀抱，学习如何创造；人静更深，他却彻夜不眠，期待着灵感的降临：他是一位农夫，把心灵的种子撒在情感的园圃，于是五谷丰登，供人类收成、享用。……这就是诗人：他的气息好似云蒸霞蔚，使整个天际充满了蜃楼美景，栩栩如生，壮观、绚丽。……诗人们，你们是生活的灵魂。岁月坎坷，充满艰辛，但你们却永葆青春，永世长存；虚情假意的荆棘没有刺伤你们，你们终于赢得了桂冠，永远永远地占有了人们的心！啊诗人们！

——《诗人》

一个在沙里淘金的人

——流石和他的诗

第一次见到流石，给我的印象：他是一个潇洒的年轻人。在读了他的折叠诗集《潇洒人生》后，他是一位潇洒的年轻诗人；无意中看到了他许多诗作的获奖证书后，坚信他更是一位潇洒的优秀青年诗人。

流石的诗取材宽广，语言简洁洗练，意蕴深刻厚实，格调高扬激昂，对生活充满了热情。

流石的故乡是青藏高原与黄土高原的交会地。草原与田野的底蕴孕育了诗人的灵性，在他的诗作中激荡着大自然的和鸣、农区与牧区的交响曲，更有农人和牧人的心灵的独白。他是草原的儿子，他歌唱草原一往情深：

我爱草原这
阳光的故乡，牛羊的故乡
我应着前世的承诺一路走来
……
选择草原
是我大半生的抉择
那么我就该任由格桑
拥有更多的阳光

——《走向草原》

草原培育了诗人豁朗开阔的胸襟，草原为诗人开辟了不竭的创作源泉，在诗人的心灵深处，梦绕魂牵的是广袤的草原：

我的马走到这里
再也走不动了
我垂下最后响了一次的鞭子
仰躺草原
……
草原上那些花朵
连同一片青草地
也如期流失
整个草原空旷而回荡着
我低缓的歌声
……
我的马走到这里
眼含泪水频频回望草原深处那片青草地

——《走过草原》

诗人流石，同时又是农民的儿子，在他的血管中更多的是流淌着农民的血液，草原是他的梦幻，对他来说，真正挡不住的是“黄土地的诱惑”：

而今我回来了
带着父亲的响鞭
出现在母亲张望的路口
是黄土地的诱惑
是母亲的再三叮咛
我要回到农业深处
做一个专注的歌手

——《黄土地的诱惑》

他走在田埂上，领略生命存在的意义，理解着：

以麦粒填充思想的全过程
以及生活的朴素含义
——《走在田埂上》

诗人流石是人子，他的诗更多地充满了人情味，对神圣亲情的赞美构成了诗作的重要基调，他的很多诗中，处处流溢着对父亲的思恋和对母亲的赞颂。处处流露出这种人间至纯、至亲、至上的真情：

就这样在这块黄土地上
我嫁接诗歌的幼苗
收成却使鸟们流落异乡
这时在一种光芒里
我看见父亲躬耕的身影
遗落一路的歌声
……
是谁注定我一生手握阳光
说过附近的锄把
踏着深深浅浅的脚印
——《我怎么哭了》

母爱是诗人的精神寄托，母亲给诗人教导了人生的哲理，开垦了荒芜的思想，解开了思虑的扉页，诗人情不自禁引吭高歌：

看到这些馒头
我就想到这都与母亲有关
母亲用满是老茧的手
一次次擦亮我的双眼

使我看到铮亮的日子
那些馒头
火辣辣的太阳
滚落母亲黝黑的面庞
变成我们的食粮
饱满我们的思想
在母亲手中鲜活的日子里
我们怎能不用高亢的歌声
歌颂粮食
歌颂母亲

——《歌颂粮食》

流石是一位多产的诗人，他以诗人特有的敏锐和心灵的探感器，追寻生活中每一个闪光点，每一个事物所特有的美，大自然和生活的每一件事都能够触动他诗的灵感，他可以《听雪》而《独自歌唱》，《爱情鸟》可《等待》《秋日的思绪》；《红辣椒挂在屋檐下》《窗口那一片落叶》都能分出他无限的诗情；《出门在外》或是《深夜我来到家门前》都可以激起他澎湃的诗浪。

流石的诗充满激情，这情又是那样地清，那样地纯。当代企鹅式的诗人在世外桃源里玩味变态的个人孤独之苦时，诗人流石却以自己的纯情写出了《我喜爱一种孤独》的诗篇，向他的读者宣告：

或者以太阳的名义
种植淡淡的曙色
我酷爱走入这风景
一个人就是一个美丽的故事

黑龙江著名诗人杨枫泽说："我很欣赏你的诗！像你一样纯粹。"他的这种纯粹之情，无不充满每一首诗，从而也使他的诗作具有了高洁的意境，超凡脱俗的灵气，诗中精彩之处犹如突开的花朵，使你尽享美的真韵：

听一些无声的语言
煮一杯咖啡
就可以煮沸满屋的话题

——《无题》

我知道这门的响声
用扭碎夜的明朗

——《深夜我来到家门前》

更多的日子我的诗如羊
纷纷散布于长满青苔的方格
啃嚼烟头上的青草
也啃瘦了粗糙的日子
每当这时我把一群诗赶进沙滩觅吃金子
还有大把大把的阳光
这样它们会一定膘肥体壮

——《牧》

流石，原名黎学龙，一个乡下男孩，教学之余酷爱诗歌、音乐，总喜欢在寂寥的日子里唱个不停，不亦乐乎，粗糙的手已习惯了紧握粉笔和笔杆，追求至真至美。他对诗歌无限爱恋，苦苦追求：

今生今世
我注定要四处漂泊
为寻找深沉的诗

——《深夜我来到家门前》

“千淘万漉虽辛苦，吹尽狂沙始到金。”（刘禹锡）近几年来流石发表的诗歌作品散见国内各报刊，并多次获奖，1992年他的诗《秋日的思绪》曾获湖南省长沙市望城青年文化协会举办的“特别爱心”大赛三等奖；《今夜，我秉烛而歌》作为当代诗人的优秀作品，被中国当代作家代表作陈列馆收藏，而且诗作被选入多种诗文集。当然作为青年诗人，流石的诗中也不时流露出一种迷惘与躁动的情绪，但无论如何他的诗是用灵魂创作，用心声咏诵：

一个沙里淘诗的人
是一个真正的牧者吗
——《牧》

《天方列圣故事歌》序

海洪涛先生的《天方列圣故事歌》一书将要和广大读者见面了。这部书是作者继诗歌体传记著作《中国穆斯林三百历代名人歌》《中华历代名人歌》之后又推出的一部诗歌体传记力作。所不同的是，前两部书的作者，以七言诗的形式叙写了中国历代名人的生平事迹，这部书则是作者以大气派、大手笔，用自由体叙事诗形式反映历代先知圣迹的作品。前者立足于现实；后者徜徉于神奇。这部作品从人祖阿丹写起，直至贵圣穆罕默德，共写了二十多位大圣的事迹。该书笔法简洁瑰丽，风格奔放严谨，情节曲折动人，语言精练朴实，是我们较全面地了解历代先智事迹的史诗性作品，是作者经数年孜孜不倦、呕心沥血才完成的集历史、宗教和文学于一体的力作，也是作者根植于伊斯兰沃土中不可多得的一枝奇葩。

先贤马注说："有天地而后万物生，有日月而后天地明，有圣人而后教化兴。"认识宇宙万物、人类社会及人类自身的使命和价值，建立合理的社会运行秩序，完善自身的道德修养及社会伦理，让人类过上和平安宁的美好生活。如果人类得不到造物者明确和实际的指示，人类就不能正确认识和崇拜，也不知自己生存的意义和价值。这就需要先知（使者）把真理信息传达给人类。在人类历史的长河里，在世界各民族中曾产生过许多圣贤，他们聪颖足智，品学兼优，仁慈善良，堪称人类的楷模。海洪涛先生的这部著作曾参考了多种资料，其资料的正确性及其作者创作时的虔诚举意是不容置疑的。他对材料的运用不是简单地改写或生吞活剥，而是认真梳理取舍，对正纠误，进行全景式重新创作。

在体裁形式上大胆突破了传统的传记写法，以史诗气贯长虹的艺术气魄和叙事诗一泻千里的写作手法进行运笔；在题材和内容上严格按照原材料提供的事实为依据，在形式上进行了别具一格的创新；在结构上进行了完善和缜密的谋篇；在语言上进行了独具匠心的锤炼，使读者感到作品中的每一位人物是那样地形象逼真，有血有肉，栩栩如生，他们的事迹离奇动人，他们的品德纯洁高尚。书中每一段文字又是那样赏心悦目，耐人寻味，感人至深。读来荡气回肠，感人肺腑，扣人心弦，令人爱不释手。

当然以理性为唯一认识方法的人们会站在科学思维的立场上嘲笑或否定这种奇迹，他们必定会对其中某些自然现象和社会现象提出各种怀疑。这种狭隘的局限认识恰恰暴露了科学思维的“自然中心”的“形而上学”的弱点：它发现不了宗教思维的历史和现实的价值，忽视了在无限的宇宙中有限的已知只不过是苍茫宇宙中可怜的一隅。当我们跳出自我中心，站在整体的高度来把握宇宙时，就会清楚地知道已知的世界实在不是宇宙的真实、宇宙的全部。对人类来说，宇宙中最富魅力的不是眼前的已知——而是无限的未知。作为未知，本身就具有它的不可描述性和不可揭示性。

海洪涛先生是我中学时代的语文老师，他知识渊博，勤于写作，发表诗歌、小说、散文、评论多篇（首），并多次获奖。他的诗歌作品韵律整齐有序，感情充沛真挚，结构精巧严密，语言铿锵有力。他所写的《华夏山魂情》《游子的心声》等诗以宏伟的气势、炽烈的感情、丰富的想象让读者神游魂荡在诗的乐园中。

他的两部《名人歌》的出版及近几年若干首哲理诗的发表引起了学术界的高度重视。其哲理诗若干首分别入编《中华名人格言》《八荣八耻箴言精选》等书。2006年10月他被世界汉诗协会吸收为会员，并由世界汉诗协会、世界汉诗艺术奖评审委员会联合授予“世界汉诗艺术家”荣誉称号，并授予“世界汉诗艺术荣誉勋章”。2007年3月由中国国学研究会授予“国学家”荣誉称号。2008年4月荣获“首届中国文艺金鹰奖”，并荣获“中国慈善书画家”荣誉称号。现为中国文艺协会理事会理事，中国民族艺术家协会副会长，北京地引力生态环境艺术中心“丛林诗社”名誉社长、顾问。他的部分文学作品和书法作品入编《国学辞典》《中国民族艺术家大辞典》《共和国艺术家大辞典》等书中。

海洪涛先生年逾花甲，但笔耕不辍。他的这部著作是以血为墨，以魂为笔，以心为纸撰写出来的作品，它无疑会对宣扬圣贤起较大作用。

先生嘱我为序，生为师作序，于理难通，但恭敬不如从命，仅将自己的一点心得和认识草草写下，权且为之。限于水平，错讹之处还望专家学者、众多读者批评指正。

2008年7月于临潭杏香园得杏书屋

书法家夏世龙书展序

古老的洮州大地，虽是发长小商小贩小农的丰壤沃土，却是一片艺术的荒漠。

在近代寥寥无几的写字匠中，虽出现过几个出乎其类、拔乎其萃的俊才，但与文化发达地区的灿若繁星相比，终究是屈指可数。大多数的书法爱好者，在这片干涸的土地上，终因缺乏必要的生存条件，而中途夭折了，在这片荒漠上，培植一棵参天大树的希望是多么渺茫。

夏世龙是幸存者之一，这足以让我们备感庆幸了。

千古流淌的洮河，给这片神奇的土地带来了无尽的生机。夏世龙在洮河边长大，沙滩上练字。以千古长河为浴盆，以百顷沙滩做书稿，以蓝天白云为映鉴，与青松牧歌相为伴。

今天他终于破天荒地展出了个人书法精品，我由衷地为他祝福。

书法最集中、最有代表性地体现了中国人的追求、中国人的精神和中国艺术的特征，是中国艺术的精髓、核心、灵魂。他是书法家创造出的自然，是书法家心灵的一部分。自然是人性化的自然，书法中的自然意态，是人的心灵的神采。因为，人的心灵世界只有在自然的生机中、在艺术形式里才得以显现与证实。夏世龙书法精简的点线，是他心灵世界的凝结；雄宏、优美、清雅、朴实的风格，是他心灵格调的外化。在与自然神态契合的精简的书法形式中，显示了他的心灵，显示了他的创造。在他的书法中我们很难看到“公孙大娘舞剑器”和“蛇鹰相搏”之类的描摹与传奇痕迹，更多的则将取法高古、继承创新与现代书法融为一体，表现出了创造的自我、超越的自我主体意识，在无数自我中，展现了一个总的大我，一个多元化、个性化的艺术风貌。

我不是书法家，也不是书法评论家，我无法用专业术语来概括和论定夏世龙的书法，但我有人人所具的“妙悟”和“心契”；有着与书法家在心灵上一致的地方；有着共同的感受能力，我理解尼采老泪纵横，抱着老马的头哭诉“我受苦受难的弟兄”时的痛苦心情。当然我更理解夏世龙像一个苦行僧，拥着一支秃笔，在风雨如磐的书法道路上的文化苦旅，还有他在这种困境中的百折不挠，人生路上的大侠情怀，内心深处的黄钟大吕。

书法的表现形式是创作者与欣赏者之间心灵沟通的桥梁。人的心灵有着共同的基质、共同的感受能力和审美能力。美国学者鲁道夫·阿恩海姆在《艺术与视知觉》中指出：“用艺术的特有方法把握生活的能力，并不是少数几个天才艺术家特有的，而是属于每一个心理健全的人，因为大自然给每一个健全的人都赋予了一双眼睛。”

相信每一个观众都会有一双“发现美的眼睛”，看到夏世龙书法中美之所在。

《人生行吟》序

文学，始终厚爱于钟情她的人，只要你挚爱并执着于文学创作，总会有丰硕的成果赐予你。今天卢嫦娥老师的散文、诗歌作品结集出版了，这是她对人生、社会以及形形色色事物观察和思考的结晶。

山清水秀的卓尼新堡（今称藏巴哇），濒临洮河东岸，沿洮河就是著名的九甸峡。卢嫦娥老师从小就生活在这个美丽的地方。正如她自己坦言“滚滚的洮河水和巍峨的白石山孕育了高原人热情豪放的人格魅力”。生活在绿水青山中，是人一生的福气，它能造就出对大自然的真爱和对生活社会的观察与思考，更能体会出人生的真味。

卢嫦娥老师的作品，无论是诗歌或散文都是对生活细致入微的品味。她以女性特有的细腻，从我们生活中司空见惯的平凡得不能再平凡的小事情、小人物入手，在这些不起眼的事物中体现出社会冷暖情爱，人生喜怒哀乐，生活恩恩怨怨。正如《甜麦子阿婆》表达的：

那是一声土得再也土不过的乡音，
那是一位可怜得再也可怜不过的老人，
喊红了东山坡坡上的日头，
喊走了洮州城里的夕阳。
多少年了，你都这么喊着，
把丫头（小姑娘）喊成了媳妇，
把媳妇喊成了婆婆，

只是没有给自己喊来一个热乎乎的小日子。

在她的作品中处处体现出这种微言大义、以小见大、从平凡生活中见哲理的风格，让人回味无穷。

讴歌母亲的题材在她的作品中占了很多篇幅。其中写自己母亲的占了五篇，写别人母亲的一篇。为人母，她对母亲，对母爱有更深层次的体验。我反复阅读了她有关母亲的诗歌或散文，让人心灵震撼，“哟—辈子没有走出过大山的卢德娘！一辈子没有进过餐馆的卢德娘！坚强纯朴的卢德娘！和山里所有人一样，粗茶淡饭，平安度日，平凡而本分，地道而踏实！”（《坚强撑起的生命》）

有您在，窗帘是新的，柜子是活的；
有您在，小狗是坏的，小猫是懒的。
有您在，兄妹们是乐闲的。
您是春天，您是太阳；
您是我今生今世的唯一。

——《母亲》

把一个个的月亮纳进去，
把一声声的狗咬纳进去。
每一个针脚都是劳累，
每一个针脚都是慈爱。

——《母亲。纳鞋底》

这些作品从人性的崇高处入手，体现的正是文学的魅力所在。

文学作品是作者的心灵之镜，读其作品可聆听到作者的心灵独白，与作者在心路历程中相遇，在人生的旅途中与作者进行心与心的交流。相信读者在阅读中对作者的思想和理念会有更深的理解。

孙述祖《往事琐忆》序

耄耋老人孙述祖先生的回忆录要付梓了，他特嘱我作序，诚惶诚恐，恭敬就不如从命了。

孙述祖先生是我敬重的一位长者，接近米寿读书不止，笔耕不辍。先生出身书香门第，精于书法，尤其行书和楷书让人叹为观止。先生一生淡泊名利，写字只为平生爱好，求字者无论贵贱贫富，有求必应，从不以此谋利。

先生生于殷实之家，由于家庭成分高，经历政治运动，作为一个“老运动员”，被开除公职，下放改造，抄家批斗，举家迁徙藏地，饱受人间磨难。

有人说，一个老人就是一座博物馆。过去孝敬老人，就是因为老人是知识、经验与智慧的化身。孙述祖先生何尝不是如此？在他的回忆录中，让我们知道了临潭鲜为人知的许多事件，名人逸事、趣闻掌故，为地方史志增添了鲜活的资料。

我一直坚信，中国最不缺的是帝王史、朝代兴衰资政史，以及形形色色的名人传记和回忆，而最缺的恰恰是记录普通人、老百姓，名不见经传者生命轨迹的文字，以及他们的悲欢离合，他们的生老病死，他们的喜怒哀乐，他们的幸福与苦难。虽然我们都是无足轻重的小人物，但我们每个人亦如宇宙中的星辰。我们生活在这个星球上，呼吸着空气，喝着水，享受着最近的那颗恒星的温暖。你的遗传代代相续，回溯到更久远的时空，你身体里的每个细胞，组成这些细胞的所有元素，都是诞生于一颗恒星的熔炉中。

当然，我们更是这个世界不可或缺的动人乐符，是这个世界中的一抹光束。阅读一位老人的回忆，或许你会听到这动人的妙音，会看到那光束闪烁的一瞬。

历史是过去的现实，现实则是未来的历史。平民的生离死别，百姓的喜怒哀乐将成为历史悲剧或喜剧的要素。因为悲剧是把人间最有价值的东西撕开给你看，而喜剧是把人间最无价值的东西撕开给你看。鲁迅先生是这样说的，我也是这样认为的。笔行至此，大壮的歌曲《我们不一样》在耳边响起：

我们不一样
每个人都有不同的境遇
虽然会经历不同的事情
磨平了岁月和脾气
时间能转眼过去
这身后不散的筵席
只因为我们还在
心留在原地
这片天我们一起撑起
更努力，只为了我们更好的明天

人生是一场没人相伴到底的旅行，就像路对于我们的脚没有留下记忆一样。天空没有留下痕迹，却见证过数不清的飞翔。文字让我们活在人类的记忆，我们就把人生交给回忆，把回忆交给文字吧！诗人彭世华说得更精彩，“请允许我把肉体交给草原，把灵魂交给天堂”。

2018年12月18日于故里杏香园得杏书屋

用心灵映照山川之精秀

——敏生贵、高云摄影展序

宇宙、天地、万物乃造物主造物之大能的显现，天地万物中寄寓了造物者无限之奥妙。这种奥妙让用心灵来参悟体验的艺术家，澎湃出无尽的美感和艺术才思。

美是一种体验，是一种心灵的感悟，是一种让灵魂震颤的内在动力。描述美的任何语言文字，在美的体验中都显得苍白无力，离题万里。只有用心灵、用灵魂、用感情体验出的美才是真美。

摄影不仅仅是照相的艺术，而真正的摄影是摄影家用心灵的镜框截取山川毓秀，天地钟灵，以表现宇宙气韵生命为根本追求，通过画面追寻物象的骨气，赋予自然物象以生命感、运动感、灵动感。

巍巍岷山入摩天，万里洮水入黄河。敏生贵、高云都生于岷山脚下、长于洮水之畔，自幼酷爱摄影艺术，是岷山的奇绝、险秀，洮水的蜿蜒、雄浑给他们提供了取之不尽的创作源泉。

他俩性好山水，高情远志，以“天地为庐”“仰观山，俯听泉，傍睨竹树云石”领悟山水的深层美，把“仁者乐山，智者乐水”的情怀，融入自己的摄影作品中，观众在欣赏作品中可以把山水美与人的品德视为同一美德，可以相比、相亲、相互学习交流。通过这种交流达到主客体审美情感的融合，从山水审美中得到心灵情操的陶冶和涤滤，获得美的享受。正如苏子曰：“且夫天地之间，物各有主，苟非吾之所有，虽一毫而莫取。惟江上之清风，与山间之明月，耳得之为声，目遇之而成色，取之无尽，用之不竭。是造物者之无尽藏也，而吾与子之所共适。”（《前赤壁赋》）

临潭旧城《金氏续修族谱》序

金氏一脉，洮州旺族，其始祖金朝兴为明朝开国元勋，名震寰宇。清张廷玉编《明史》有传：

金朝兴，巢人，淮西乱，聚众结寨自保。俞通海等既归太祖，朝兴亦帅众来附。从渡江，征伐皆预，有功。克常州，为都先锋。复宜兴，为左翼副元帅。平武昌，进龙骧卫指挥同知。平吴，改镇武卫指挥使。克大同，改大同卫指挥使。取东腾州，获元平章刘麟等十八人。

洪武三年论功为都督佥事兼秦王左相。未几，解都督府事，专傅王。四年从大军伐蜀。七年帅师至黑城，获元太尉卢伯颜、平章帖儿不花并省院等官二十五人。遂从李文忠分领东道兵，取和林，语具文忠传。

朝兴沉勇有智略，所至以偏师取胜，虽未为大帅，而功出诸将上。十一年从沐英西征，收纳邻七站地。明年论功封宣德侯，禄二千石，世袭指挥使。十五年从傅友德征云南，驻师临安，元右臣兀卜台、元帅完者都、土酋杨政等俱降。朝兴抚辑有方，军民咸悦。进次会川卒，追封沂国公，谥武毅。十七年论平云南功，改锡世侯券，增禄五百石。

光绪三十三年（1907）包永昌编《洮州厅志》有传：

金朝兴，南京纻丝巷人。忠勇多谋，有儒将风。洪武十二年，太祖以朝兴为都督奉国将军从西平侯沐英讨洮州番。朝兴首取甘朵，降其万户，又追斩碛石州土官阿昌、七站土官失纳等，遂平番乱。奉曹国公李文忠命，筑洮州城，晋秩宣德侯。弟鼎兴、建兴俱授卫指挥使，因家于洮焉。十四年，公随颍川侯傅友德征云南，战殁，追封沂国公，岁时赐祭加俸二千五百石，敕葬金陵玉品山之阳。

按：沐金二公，正月至洮，六月凯旋，似非久宦于此者，然服叛番、筑洮城，饮水思源，吾洮人敢忘德音乎？故首志之。

《明史》和《洮州厅志》对金朝兴籍贯的记载互不相同，《明史》称为“巢人”，《洮州厅志》为“南京纻丝巷人”。依今推之，金朝兴原籍为“巢人”，巢即安徽巢县，秦置县名，今依然称巢县。《洮州厅志》“南京纻丝巷人”，其应为朱元璋灭元，明王朝定都南京，纻丝巷是金朝兴莅洮前在南京的居寓之处，二者互不矛盾。作为巢人，明英烈中虢国忠烈公俞通海即为其同乡，“公名通海，巢人，父廷玉，弟通源、通渊。江淮贼起，公父子结寨自守，闻上驻兵和阳，走归款，时上欲渡江，得通海父子水军甚喜。……转战至灭渡桥中流矢，卒，赠虢国公，谥忠烈”（《李贽续焚书》卷四）。作为征洮都督、千户所千户，范应宗是其同乡战友，“范应宗，原籍直隶庐州合肥人，……十二年二月随金都督征洮州三副使，五月奉曹国公命修筑洮城，就守留御，调本卫前千户所正千户”（《洮州厅志》卷十一·世袭表）。

族之有谱，犹国之有史，家谱或族谱是研究地方史不可或缺的重要资料，临潭宗姓自古就有编修族谱的优良传统，金氏一族概莫能外。

金氏一族从其始祖金朝兴于明洪武十二年（1379）到洮至今，已逾六百三十四年，十八代人。据新城金氏第十五代孙金标先生所藏《金氏族谱》看，最早之家谱由于年远损坏，故在清康熙六十年

（1721）由九代孙金秉贞、金秉斗昆弟重修，到乾隆七年（1742）由其十世孙金殿试最终完成。从康熙六十年到乾隆七年正式修成，历经二十一年。这部族谱是目前所知最完备的《金氏族谱》。1937年著名历史学家顾颉刚先生视察临潭时在新城“所见之族谱有金氏、赵氏、包氏、杨氏、陡氏等五种”，可能就是这部《金氏族谱》。“此间汉回人士，问其由来，不出南京、徐州、凤阳三地，盖明初以戡乱来此，遂占田为土著。其有家谱者，大都皆都督佥事、指挥佥事及千户、百户之后。当时将领以金朝兴、李达秩最高”（顾颉刚《西北考察日记》）。该族谱到民国三十一年（1942）时已达两册，记录至第十七代。但它虽然避过了同治之乱和民国十八年（1929）的兵燹，却最终未能逃脱解放后的政治劫难，下册轶失，只留上册，记录仅保留到十三代。

2003年第十五代孙金标先生率侄辅汉、琦林、福禄重新续写，但囿于条件，遗漏较多，旧城城内、青崖金氏族人基本缺失未载，所以续修族谱未能尽善，遗留诸多遗憾。

旧城金氏十六世孙金世彩于1981年年近五十岁时撰成一谱，从十六代写起。由于历史条件和个人文化所限，该谱未能上接旧谱，下续断代，其作谱之根据仅凭传说和臆测，对金氏先祖的记述均属错讹，可取之处，仅为旧城金氏十六代之后的记述，应为“宗族子嗣甚旺，大小辈次不知”时的应急之作，但也对旧城金姓族人功不可没。

常言有志不在年高，做事不在学高，而在志诚、心诚、持之以恒，有志者事竟成，金氏第十八代孙旧城青崖金玉锴续修的《金氏族谱》终于脱稿，我与其堂兄玉泉、胞兄玉辉虽族有别，却是异姓弟兄，玉锴也应为我的兄弟，他很早就立志续修族谱，我给予坚定支持和积极鼓励，玉泉将收集到的旧谱悉数提供给他。他从搜集资料，阅读旧谱，上推下续，动笔写作，历时八年，数易其稿。纵向上接旧谱，辈分条缕清晰，未有断代，横向房头齐备，宗亲关系分明，上接下连，拾遗补阙，终成此谱。其功上可告慰金氏先祖，下可敬示金氏后嗣，守记先祖殊荣，睦族和亲，承先启后，继往开来，愿金氏一脉山高水长。

碧云轩碑落成记

旧城西南三里下树滩，有碧云轩，轩主乃诗人白岩，著《白岩诗集》，白岩诗成集也，碧云轩碑竣工矣。

碧云轩，地不足半亩，屋不过九间，皆木头平房也，古朴而不失文雅。园中树木郁郁葱葱，彳亍幽径“幽兰庭葳蕤，馨气运四周”“古树郁郁青，森疏覆人间”。轩内树有桃李杏梨，花有牡丹月季。春始桃李杏花争放，枝头蜂飞蝶舞，夏则花香鸟语映素月。秋则果实累累，伸手可摘，仰首可啖。

碧云轩西靠绛红坡白崖，朝迎东明旭日，暮卧西风晚晖。晨钟暮鼓，五时唤礼催人奋。雪横叠山，石门在望，门前五柳古风昭然。

碧云轩主人，性情中人，年近古稀，率性依然。平生嗜诗如命，好古文，喜吟诵。明月碧水，人生百态，花虫草木，世事更替，无不入诗。诗人自道“幽轩云影碧，长啸改旧诗。不须人来问，明月自相知”“花前吟新句，月下颂古诗”。

轩主性情高古，淡泊名利，有隐士之风，“月谙人意送归影，门前五柳尚古风”，轩主“篱边邀月扶花影，庭前留春觅诗魂”“借诗梅花两三弄，无须知音问人间”。

轩主放浪形骸，神游林泉，常常“泉边寻旧梦，林中拾遗迹。惆怅北风冽，泪洒小桥西”“松风送落日，带露湿归衣”。

碧云轩乃轩主安身立命之处，吟诗弄月之地，宣泄情怀之所，寄托诗心之寓。“竹篱宿花影，书轩隐诗魂。执笔临素笺，情在无限中。”碧云轩夜则“明月宿玉树，清风敲碧轩”“明月入帘帷，李白静夜思”，轩主自是“诗思随情涌，文潮诗心言”“清风畅胸襟，幽思孰能知”。

碧云轩主人为彰昭其轩，乃筑照壁于其舍，凿“碧云轩”石碑，镶嵌其上。其碑落竣，历时一月，时在公元2012年，农历四月二十二日晨末。轩主邀余、东明山人、森泉、浪子以助其兴。行草大字“碧云轩”乃东明山人手笔，气势轩昂，入木三分；石碑镌刻森泉担纲，刀法娴熟，遒劲老到。老友相会，尽兴矣，东明山人握管挥毫，尽情泼洒；森泉握刀肋石其上；浪子尽用光影，留照于其时。唯余无技，乃与轩主品茗闲语。佳肴香馔，聊足肚腹，豪情志趣，充溢霄汉。其时也，碧云覆轩纳杜甫草堂之气，旭日映轩收李白浩然之风，圣之气、仙之灵尽在碧云轩矣。

西风东明的遐思

——临潭城关一小校刊卷首语

当东方的晨曦从东明山升起，西凤山首迎到旭日的第一束阳光时，整个临潭县城沐浴在静谧的朝霞之中。西凤坪下的一首校歌回荡在旧城的上空。

洮水涌涌，朝日临，回民儿童的大本营，
说的中国话，读的中国书，我们不讲狭隘民族，
我们不分任何界限，过去的畛域，完全要把它废除。
读书是天职，扫除边区的文盲，同学携着手，
向前进，拿我们的血和肉，去拼掉敌人的头，
将来献给国家民族，将来献给国家民族。

这首立意高远、催人奋进、充满爱国热情的歌曲，是创立于1943年的“临潭旧城私立启西女子小学校”的校歌。这是1943年正处中国抗日战争的困难时期，西北高原偏僻民族地区的一所女校，为饱受外侮和蹂躏的祖国发出黄钟大吕般的时代强音。

它是历史的回音，是临潭各族儿女的共同心声。校歌中透出的是一种精神，一种责任，一种担当，更是一种情怀。当今空洞无物的所谓校歌校训素质教育，与它相比显得那样苍白无力。

漫步在西凤坪，耳畔又响起激情高昂的校歌，西凤的晚霞映红了东明的楼阁。传承了百年精神的蒲公英飘扬在天际，扎根于泥土，装点着大地，蒲公英的种子永远是希望的种子。

后 记

汇集校对完《杏香园笔记》，我内心有了一种轻松感。回顾此生，在行政机关工作了一辈子，心仪的却是做一个不断学习的学者，所以在自己能够自由支配的时间中，就潜心学外语，搞翻译，钻哲学，写论文，好文学，挖掘地方史志。我虽是学汉语言文学的，却疏于文学创作。这本小册子中的拙文，像散文又不像散文，似随笔又不似随笔，实则是个人一些所见所闻所思所想的随手记录。好在文学涵盖的范畴宽泛广博，散文、随笔、记叙文界定不甚明晰，因此权且将这些拙文汇集成册，并称作笔记，是再合适不过了。

至于称为《杏香园笔记》，是因为我好种果树，且陋宅中有杏树一棵，秋初杏熟，杏香悠远，故将陋宅称为杏香园。我的朋友书法家夏世龙先生应笔者之邀，挥笔书就《杏香园记》宏文，笔者珍视，未曾展示于人，今借此小书，公之于世，以飨读者。

杏香园记

先生姓马，学名廷义，出于洮州穆民世家。幼承庭训，修天方之道；长入大学，习古今之文。为人谦让儒雅，通脱豁达，淡于荣利，疏于世故。性嗜书，博涉经史子集，精骛哲学史学。居旧城南隅半亩之宅，自名杏香园。门前蜿溪，水流潺潺；户对青山，时闻山歌牧笛；园中植杏树若干，以圣道为根、仁义为干、品操为枝、德行为叶；汲天地之英，涵日月之华，聚四时之气，糅五行之精。春华秋实之日，邀二三挚友观花赏果，品茗论道，清风满座，欣然忘怀。杏香园内有得杏书屋，先生置身其间，或修身齐家、致知格物，或观书著述、游心太玄，无不俯仰自得，信可乐也。刘梦得言“斯是陋室，惟吾德馨”诚哉斯言也！

夏世龙谨撰

二〇〇八年十一月十九日

近年来，在工作之余陆陆续续写了些文字，其中有散文、随笔，而更多的是论文。今天散文随笔的集子整理出来了，今后就是集中精力把这多少年发表在各刊物上的论文收集起来，希望也能整理成一个集子出版，以后再陆续整理出译文集，当然这是后话。在这里要感谢中国作家协会对我县的帮扶，特别是对我县文化事业的扶持，使我们这些长期生活在基层的文学爱好者，有机会能够让自己的作品出版面世。更要感谢作协挂职的临潭县委常委、副县长朱钢富有成效的工作和对临潭文化事业的重视与关怀，使临潭文学出现了欣欣向荣的新气象。

书稿汇集完成后，县文联敏奇才主席通阅并修改润色了部分文稿，他的优美文笔使拙文增色不少。县志办和百年临潭实录办同事们无私的帮助，使书稿的汇集、录入得以顺利完成，在这里一并向大家表示衷心的感谢。

马廷义

2019年6月28日

于杏香园得杏书屋

图书在版编目（CIP）数据

杏香园笔记 / 马廷义著. -- 北京 : 作家出版社，2019. 12（2023.2重印）

ISBN 978-7-5212-0780-4

Ⅰ. ①杏… Ⅱ. ①马… Ⅲ. ①散文集 - 中国 - 当代 Ⅳ. ①I267

中国版本图书馆CIP数据核字（2019）第261879号

杏香园笔记

作　　者：马廷义
责任编辑：李宏伟　秦　悦
装帧设计：薛　怡
出版发行：作家出版社有限公司
社　　址：北京农展馆南里10号　　**邮　　编：**100125
电话传真：86-10-65067186（发行中心及邮购部）
86-10-65004079（总编室）
E-mail:zuojia@zuojia.net.cn
http://www.zuojiachubanshe.com
印　　刷：固安兰星球彩色印刷有限公司
成品尺寸：152×230
字　　数：184千
印　　张：12.75
版　　次：2020年1月第1版
印　　次：2023年2月第2次印刷
ISBN　978-7-5212-0780-4
定　　价：50. 00元